JN318961

講談社文庫

きのう、火星に行った。

笹生陽子

講談社

きのう、火星に行った。

1

　とことんついてない日は、いつも突然のようにやってくる。九月最後の水曜日。ホームルームがある曜日。ついでにいうと、夏の終わりの台風がきた三日あと。

　自己紹介をするのが遅れた。

　おれの名前は山口拓馬。六年三組、堀学級の出席番号二十六。趣味は、なんにもしないこと。特技は、ひたすらサボること。最近、まじで感激したのは、九月にやった席替えで、いちばん後ろの窓ぎわの席を生まれてはじめて手に入れたこと。なにがそんなにうれしいかって？　じっさい、そこにすわればわかる。日当たりはいいし、眺めはいいし、ロッカーはすぐ近くにあるし、ついたてにしたノートの陰で居眠りなんかもバンバンできる。この席にきて、おれは二時間ぶっつづけで寝た記録をつくった。ま、「あゆみ」の点が気になるやつは、まねしないほうがいいけどね。

それで、その日も、お昼すぎから、おれはうとうとしはじめた。前の日、テレビをだらだら見ていて夜ふかししすぎたせいもある。給食に出たマカロニサラダで満腹になったせいもある。それもあるけど、だいたい、おれはホームルームが好きじゃないんだ。なぜって、だって、だるいから。たとえば朝の学活なんかは、授業の前の短い時間でさっとすむから、まだましだけど、なんだって六時間めなんかに「クラス役員選挙」だの「ボランティアについて考えよう」だの、くたびれることをやるんだろう。

だから、なおさら、その日のおれの眠りは深くて長かった。

「山口、起きろ」

隣の席の岡野に肩をつつかれて、ようやく意識が戻ったところで、大きなあくびがひとつ出た。

くすくす笑いがはじまった。

ん？　て感じであごを上げたら、教室のなかのたくさんの顔がこっちを向いて笑ってた。おれは右手をげんこつにして、口のまわりをごしごしふいた。よだれが出たかと思っていたけど、どうも、そうじゃあないらしい。

「では、山口くんに決定します」

議長の原田さゆりがいった。とたんに、教室のあちらこちらでパチパチという拍手が起きた。

「決定したって、なんのこと？」

おれは、あわてて岡野に聞いた。目くばせをした岡野の視線は黒板のほうに向いていた。

第三十五回連合体育大会　出場選手リスト
個人走の部（女子）　　宮下奈々実

村井あや
（男子）池上大輔
山口拓馬
リレーの部（女子）◇◇◇◇
（男子）◇◇◇◇◇
跳躍の部（女子）◇◇◇◇
（男子）◇◇◇◇

「はあ？」

自分の名前を見つけて、おれは思わず、そういった。

「はあ？　じゃなくって、個人走の部に決定しました」

原田がいうと、

「聞いてないから」

だれかがいって、

「寝てたもん」

別のだれかがいった。山口拓馬ひとりを除く生徒全員が、どっと笑った。寝ているあいだに網にかかったマンボウみたいな気分になった。普通だったら、こんなとき、担任がなにかいうものだけど、堀先生はおたふくかぜで、学校にはきていなかった。

「はじめのうちは、やりたい人が立候補して決めてたんだよ。でも、男子の個人走の部が、どうしてもひとり決まらなくって、だれか推薦ないですかって原田がいったら、木崎のやつが……」

みんなの笑う声にまぎれて、岡野がこそっと教えてくれた。つまり、木崎が山口拓馬を選手に推薦したってわけだ。

「だけど、どうして、おれなんだ？」

「推薦者に聞くことだろ、それは」

「聞けっていっても、木崎だぜ」

「気持ちは、わかる。木崎だもんな。同情するよ」

ため息まじりに岡野はいって、目を伏せた。もうそれ以上、この話にはふれたくないってふうだった。

「――どうするの？　やるの、やらないの？」

黒板の前の原田がいった。

「なにか不満があるんだったら、黙ってないで意見をどうぞ」

おれは原田をすっかり無視して、こうなったわけを考えた。それでも答えが見つからないので、木崎の席に目をやった（木崎は足が悪いから、いつもいちばん前にすわってるんだ）。木崎はイスごと後ろを向いて、谷田部とひそひそ話をしてた。そのうち、おれの視線に気づいて、バカにしたように、にいっと笑った。

にいって、なんだ。にいって、おい。

おれは心でつぶやいた。怒るというより、あっけにとられて、きちんと怒れなかったんだ。そりゃ、たしかにおれは、クラスのやつらとうまくやってるほうじゃない。友だちだとかグループだとかに、あんまり興味がないからだ。隣の席の岡野とだって、いまはたまたましゃべっているけど、用がなければしゃべらない。もともと無口なたちなんだ。でも、だからといって、いじめられっ子になりさがってるわけじゃない。「さめてるやつ」だの「きどってる」だの、たまに女子からいわれるくらいで、みんなにくすくす笑われたりするタイプじゃなかった。いままでは。

――わけがわからなくなってきた。

「山口くん」

また原田がいった。

「山口くん、ねぇ聞いてんの？」

「うるさいっ」

おれは頭の中身を整理するのに忙しくって、思ったよりも強い調子でいってしまった。

まずかった。

原田の顔がみるみるゆがんで、目から涙がこぼれでた。信じられない事態になった。とびきり美人で、とびきり元気なクラスの女王が、みんなの前で、いきなり、ぶちっとキレたんだ。

「泣かしてやんの」

おたおたしているおれを指さして、木崎がいった。

「あいつ、女を泣かしたぜ」

わけがわからなくなってきた。

結局、わけがわからないまま個人走の部の選手になった。それから二回チャイムが鳴って、帰りの時間がやってきたので、おれはリュックを素早くつかむと、逃げるみたいに教室を出た。

なんだか頭が重かった。

いや、気のせいじゃなくて、まじめな話、ホームルームが終わるころから、こめかみのへんがズキズキしてた。選手になるのがいやなのかって？　うん。それもあるけど、それだけじゃない。おれの頭を重たくしている、もっとも大きな原因は、さっきの話に木崎のやつが登場したってことなんだ。

木崎がどういう人間なのか、いいたくないけど、いっておく。うちの学校の六年だったら、だれでも知ってることだから。やつは、この町に古くからある建設会社の跡取り息子。大金持ちのいばりん坊で、おまけに短気で二重人格。おとなが見ているところでは、おぼっちゃまらしくしているくせに、裏へ回ると、すごいんだ。いじめにシカトにケンカにカツアゲ。親分気取りで子分を連れて、やりたい放題やっている。でも、その木崎が、どうしておれにちょっかいなんかをかけるんだろう。やつの恨みを買うようなへまは、なにもしてないはずなのに。

ぐだぐだ考えこんでいるまに、家の玄関に着いていた。

「ただいま」

おれは、くつを脱ぎ捨てて、二階の自分の部屋に向かった。部屋の扉が閉じていたので、もちろん、おれは扉を開けた。そしたら、なかは、まっ暗だった。雨戸が閉まっていたからだ。おかしなこともある、と思った。朝、起きるとき、おれは必ず雨戸を開けることにしている。きょうだけ開けないはずがない。それでも、とにかく早いとこ部屋を明るくしたかったので、暗闇のなかを進んでいったら、今度はなにかにつまずいた。

「いてて」

おれは足をさすって、どうなってんだ？　と首をひねった。それからもぞもぞ手探りをして、壁のスイッチを押した。部屋が、ぱあっと明るくなって、はじめに視界に飛びこんだのは、そこいらじゅうに積み上げられた段ボール箱の山だった。

「うは」

おれは後ずさりをして、高くそびえる山を眺めた。山の谷間に、おれのベッドと学習机がちらちら見えた。ベッドのなかには人がいた。当たり前だけど、おれじゃない。おれじゃないやつが、おれの毛布をすっぽりかぶって寝てたんだ。夢のなかなら、こういうことがちょくちょくあっても、おかしくない。童話だったら白雪姫が眠ってるってこともある。だけど、こいつは夢じゃあないし、童話でもない。現実だ。おれは童話は大嫌いだし、夢見る少年なんかじゃない。

「起きろよ、おい」

そういいながら、おれはベッドに近づいた。そのころにはもう、そいつがだれだかぼんやりとわかりかけていた。そうなんだ。大事なことを、ひとつ、うっかり忘れてた。九月最後の水曜日。つまりはきょうがなんの日か。

おれは毛布の端をつかんで、それを一気にひんむいた。思ったとおり、そこにいたのは見覚えのあるガキだった。

「うーん」

そいつは低くうなって、猫の子みたいに伸びをした。おふくろが部屋に上がってきたのは「うーん」の、ちょうど「ん」のときだった。

「なんだよ、こいつ」

毛布を落として、おれはおふくろに文句をいった。

「ドライブしたから疲れているのよ。いいじゃない、少し寝かせてやって」

「でもこれ、おれのベッドだよ。こいつのベッドはどうしたの」

「まだきてないの。夕方までにはトラックで着くと思うけど」

そんなやりとりをしているうちに、ベッドのガキが起きてきた。おれは途中で話をやめて、そのクソガキを見下ろした。こいつが、ひどい格好なんだな。ひとことでいうと、へんちくりん。お花模様のかわい子ぶったTシャツなんか着ているくせに、なぜだか頭にライダータイプのごついゴーグルがのってんの。そのゴーグルのバンドの部分は黒っぽいゴムでできていて、レンズのガラスは深緑。まるでトンボの化けものみたい。でも、へんちくりんなクソガキは、山口拓馬の鋭い視線にビビることなく、笑っていった。

「あれ、おにいちゃん、久しぶり」

おれは、うんともすんともいわずに、黙ってその場につっ立っていた。

こめかみがまたズキズキしてきた。

きょうは、とことんついてない日だ。

2

段ボール箱の山といっしょに、弟が家にやってきた。やつの名前は山口健児。年は、おれよりひとつ下。親がいうから本物の弟なんだと思うけど、山口健児は長いこと、この家のなかにいなかった。小さいころから体が弱くて、病気ばっかりしてたので、静岡県で医者をやってるおじさんのとこで暮らしてた。医者をやってるおじさんは、おふくろのほうのおにいさん。家と病院が合体しているビルに、奥さんと住んでいる。

健児が向こうに行ったのは、おれが五歳のときだから、そのころのことは、残念ながら、あんまりくわしく覚えていない。ただなんとなく記憶にあるのは、向こうはここより空気がよくて、病気の治りが早いっていう話をおやじがしてたこと。健児が消えてしばらくすると、おふくろが車の免許をとって、日曜になるとおじさんの家に通ってたってことぐらい。もちろん、おれも、はじめのうちはちょくちょく見舞いに行っていた。ドライブするのは面白かったし、お菓子も買ってもらえたし。でも、せっかく行っても、健児はたいていベッドの上でぐったりしてた。具合がいい日は具合がいい日で、おふくろにばかりべたべたしてて、「遊ぼうよ」って誘ってやっても、おれには見向きもしなかった。

つまんねーの、とおれは思った。

そうでなくても、はじめから、山口健児はおれの理想の弟なんかじゃまるでなかった。たぶん、病気のせいなんだ。健児は人より育ちが遅くて、チビで、そのうえ顔つきなんかもぽやんとしていてガキっぽかった。服のセンスも、おれにいわせりゃ、そのころからもうサイテーサイアク。たとえば変身ベルトがついたウルトラマンのパジャマ（げっ）とか、フードをかぶるとウサギになれる耳つきダッフルコート（おえっ）とか。親にむりやり着せられたんなら、まだ許せるけど、そうじゃない。そういう服を買ってもらって、健児は本気で喜んでいた。しかも、やつには、そういう服が気持ち悪いほど似合うんだ。おれと違って愛想がよくて、いっつもにこにこしてるから。

それで、だんだん健児に会うのが面倒くさくなってきた。小学校に入学すると、学校行事もいろいろあって、ひまな時間も少なくなった。自分のことで忙しかった。

「静岡、行かない？」

「うん、行かない」

「たまには行ってあげなくちゃ」

「いやだね」

「なんで」

「時間のむだでしょ。それに、あいつ、むかつく。おれ、嫌い」

そうやって、静岡に行くのを、頑固に断りつづけていたら、おふくろもついにあきらめて、おれを誘わなくなってきた。最後に向こうに行ったのは、たしか去年の冬休み。健児とおれは、それから一度も顔を合わせていなかった。

その弟が七年ぶりに、いきなり家に戻ってきた。前より体が丈夫になって、病気の数も減ったから。

「生まれたときは、五歳になるまでもつかどうか、といわれたの。未熟児だったし、体力もなくて、呼吸器もひどく弱くてね。でも、あきらめないで努力したのがよかったんだと思うのよ。入院だって何度もしたし、薬もいろいろ試したし。——ほら、今年のはじめ、駅の近くに小児科医院ができたでしょ。これからあそこに通院しながら、様子を見ていくつもりでいるの」

健児を連れて戻った日の夜、おふくろはそんな報告をした。テーブルの上はごちそうだらけで、ワインのボトルも立っていた。その日はおやじも残業なしで、早めに家に帰ってきてた。で、本当に何年ぶりかで、家族四人で食事した。

「うひょー。おいしい」

隣の席で、健児は料理をばくばく食べた。食べたというより、口のまわりをべたべたにして、頬ばった。なにが「うひょー」だ、とおれは思った。思ったけど、でも、黙ってた。気分がわさわさ落ち着かなくて、食欲もあまり出なかった。

「それ、おかあさんの新作料理。遠慮しないで拓馬も食べて」

勧められたので、仕方なくそれをつまんで食べてみた。鳥の唐揚げみたいなそれは、苦くて、くさくて、まずかった。

「でーっ。なにこれ。タイヤのチューブ?」

「いやぁね、レバーの竜田揚げでしょ。体によくて、栄養があるの。食べたら、きっと長生きするわよ」

「いらない。食べない。それに、おれ長生きなんかしたくない」

おれはレバーを口から出して、空のコップにぽとりと落とした。

「こら、行儀悪いぞ」

おやじがいうと、

「おいしいのにね」

健児がいって、

「わがままいっても通じないわよ。健児のためにも、家族のためにも、これからはもっと食生活を改善しなくちゃ」

おふくろがいった。

「……宿題やる」

頭にきたので、おれは、はし置きにはしを下ろした。その勢いで食堂を出て、二階の部屋に走って上がった。でも本当は、しなくちゃならない宿題なんて、ひとつもなかった。それで、しばらくぼさっとしてたら、おやじが二階にやってきて、おれに軍手を渡して、いった。

「さ、荷物の片づけ、はじめるぞ」

それを合図に、二階の部屋は、おれだけの部屋じゃなくなった（うちの親たちにいわせると、もともとそこは健児とおれがふたりで仲よく遊べるように、広くつくった部屋なんだって。だから、健児がそこにくるのは、うちにとっては自然なことで、おれがぐちぐち不満をいうのは理屈に合わないことなんだって）。運びこまれた荷物の中身は、衣装ケースが合計三つ。学習机に本と本棚。ビデオ付きテレビに、ゲーム機、ベッド。

「買わなくたっていいっていうのに、どかどか買ってくれちゃって」

風呂をすませて部屋に戻ると、健児はへらへら笑っていった。

「おじさんちって、お金持ちだけど、なかなか子どもができないじゃない？　だから、ぼくのこと自分の息子みたいに思ってるんだって。このゲーム機もね、ぼくに内緒で、おととい買ってきてくれたんだ。ぼく、こっちの町、よく知らないし、友だちひとりもいないから。山口の家で退屈したら、おにいちゃんと遊びなさいって……」

「いいから、お前も手伝えよ」

おれがしつこく注意をしても、健児はべらべらしゃべってばかりで、ひとつも仕事をしなかった。

「なんとかしてよ。こいつ、ちっとも働かないよ」

おやじにいったら、

「だったら拓馬が手本になって、いいとこ見せてやれ」

だって。

だからイヤなんだ。長男は。

ぶつくさいっているうちに、トラックの止まる音がして、玄関のドアブザーが鳴った。

「また、なんかきた。ぬいぐるみかな」

健児はいって、部屋を出た。

「ぬいぐるみぃ？」

げっそりしながら、おれは思った。だめだ、こりゃ。


次の日も、その次の日も、段ボール箱はやってきた。

「宅配便です。ハンコください」

「どこからですか？」

「静岡です」

玄関口で、おふくろがハンコをぽんと押すたびに、健児は下にだだっと降りて、荷物を抱えて上にきた。十二畳ある二階の部屋は、たちまちものであふれかえった。歩いていると、手足の先が必ずなにかにぶつかった。おかげで、おれは二晩つづけて大地震がくる夢を見た。家具や、おもちゃや、テレビが倒れて逃げられなくなる夢だった。

「だずげで」

夜中にうなされて、おれはがばっと飛び起きた。昼寝ばっかりしているせいで、もともと眠りが浅いんだ。それで、いったん起きてしまうと、今度は眠れなくなった。じりじりしながら歯ぎしりをして、寝がえりをうっているうちに、朝刊を配るバイクの音がうるさく聞こえてきたりした。

「山口、なんだか顔が青いぞ」

土曜の朝の学活のとき、岡野がいうと、保健係の女子のひとりがすっ飛んできた。

「ほんとだ。なんかの病気じゃないの？　行ってみようか、保健室」

「堀先生のおたふくかぜがうつったのかも。やばいぜ、山口」

そうじゃないんだ、寝不足なんだ。

頭のなかでいったのは、あんまり同情されそうもない理由だな、と思ったからだ。だけど、そのうち本当に気分が悪くなってきた。水を飲もうと席を立ったら、めまいで一瞬くらっとなった。とてもじゃないけど、四時間めまで体がもたないような気がした。それで、授業がはじまる前に早引けをすることにした。

早引けなんて、はじめてだった。

「あらやだ拓馬、どうしたの？」

だから、おふくろも家に戻ったおれを見るなり目をむいた。

「いっておくけど、仮病じゃないから。登校拒否でもないからね」

それだけいうと、おれは、さっさと服を着替えて、ベッドにもぐった。それからずっと月曜日まで、寝たり起きたり、ぐだぐだしてた。一方、健児のやつはというと、だんぜん元気で騒がしかった。なにがそんなに面白いんだか、いっつも浮きうきそわそわしてて、朝から晩まで、起きているあいだちっともじっとしていなかった。

「静かにしろよ。寝てるんだから」

ベッドのなかからいってみたけど、このクソガキは人の話をぜんぜん聞かないやつなんだ。

「ねぇねぇ、プロレスごっこ、やらない？」

いってるそばから、これだもの。まったく、どっちが病人なんだかわかりゃしない、とおれは思った。

そんな調子で、おれが健児の遊び相手をしなかったので、かわりにおやじとおふくろが健児のことをかまってた。日曜の朝には、親子三人水入らずって雰囲気で、おれを除いた家族はみんな車で遠くへ出かけていった。おれはひとりで部屋にこもって、静かにのんびり留守番をした。お昼はピザの出前をとって、Mサイズピザを半分食べた。

お腹が張ったら、眠たくなった。

午後から、おれは昼寝した。何日ぶりかでぐっすりと寝て、目が覚めたときは夜だった。

「あ、起きてんの」

部屋の扉を半分開けて、健児がいった。

「ぼく、今、下でテレビ見てたの。ちょっと前に帰ったんだけど、おにいちゃん、ぐっすり寝てたから。もうじき夕飯できるって」

「ふうん。で、どこに行ってたの?」

どうでもいいけど、聞いてみた。

「水族館と遊園地とね、植物園があるところ。面白かった。おにいちゃんもくればよかった」

「そりゃどうも」

遊園地なんてだれが行くかよ、とおれは思った。あんなところではしゃいでいるのは、おとなのくせにいつまでもガキの気分でいたいやつらと、本物のガキの二種類だけだ。

「あと、デパートでゲームの新作ソフト買ったよ。やってみる?」

「やらない」

「なんで？」

「ゲームは嫌い。レースもバトルも、くだらない」

「だったら、いっしょにビデオ見る？」

健児は、おれの返事も聞かずにAVボードの前にすわって、がちゃがちゃと手を動かした。

スイッチの入る音がした。

二十五インチのテレビ画面に、白い星くずが散らばった。文字も、後から浮かび上がった。

シリーズ・宇宙その一　誕生

BGMが流れはじめた。なんて曲だか名前は知らない。クラシックには興味ない。

「すごいでしょ。ぼく、このシリーズ全部ビデオに録ってあるんだ。宇宙の誕生、星の誕生、地球の誕生、惑星、星座。これ見るだけで、宇宙のことなら、どんなことでもわかっちゃう。それに、まっ暗な部屋でじーっと見てると、宇宙に行った気分になれる――ね？」

健児は、こっちに顔だけ向けて、おれの反応を待っていた。おれは毛布をかぶりなおして、つばを飲みこんで、それからいった。

「とめてくれない？　うるさいよ」

「え？」

「うるさいの、おれ、嫌いなの」

スイッチを切る音がした。部屋は、とつぜん静かになった。

「おにいちゃん、なんでも嫌いなんだね」

つまらなそうに健児がいった。

「だからなにっ」

おれはわめいた。図星をさされて、むかついたんだ。

3

　ところで人には、失敗しても反省しないタイプのやつと、失敗すると反省しすぎて、くよくよしちゃうやつがいる。山口拓馬はどうかというと、もちろん、反省しないほう。他人のミスは許せないけど、自分のミスは、すぐに忘れる。

「それじゃ困るわ、山口くん」

　十月最初の月曜の朝、マスクをかけた堀先生が、教室の前の廊下でいった。なにがあったか説明すると、つまりはこういうことなんだ。堀先生のお休み中に、おれはテストを三回受けた。理科と社会と、月末にやる漢字の読み書き百問テスト。金曜の夜、ようやく具合がよくなってきた先生は、土・日を使って、たまりにたまった答案用紙の採点をした。だから教師は忙しくって困る、といってるわけじゃない。どうも先生は、おれの答案が気にいらなかったみたいでさ。

「九十五点、九十二点、九十八点だったのよ」

堀先生は、マスクをつまんで、ふう、とため息をもらしていった。

「点が悪いというんじゃないの。よく頑張ってると思うのよ。ただ、いつもいつも、惜しいのね。ほら、このバツがついてるところ。これ全部、ケアレスミスなのね。ケアレスミスって、要するに注意が足りないミスってことよ。記号を書かなきゃいけないところに、なぜか数字が入っていたり、漢字のほうは、棒が一本少なかったり、多すぎたり。あともうちょっとで百点なのに、残念だなって思わない？」

「はぁ」

「こういうクセ、直さないとね、中学生になってたいへんなのよ。ちりも積もれば山となる、でしょ。一点の差が大きくひびくの」

「でも、これくらいで、おれはいいです」

おれは、きっぱりいいきった。ろくに授業も聞いてないのに、この点数なら、たいしたもんだ。ケアレスミスでバッテンがつく理由も、ちゃんとわかってる。答えを紙に書いたあと、見直しをしないで出すからだ。だいたい、おれは成績なんかどうでもいいと思っているし、塾に行くのも、親孝行のつもりでやってるだけなんだ。だから、たかが二点や五点や八点、点数アップをするために、見直しをして消しゴムをかけて、また書いて、なんてやってられない。

「あら、よくないわよ。やっぱりね、それじゃ困るわ、山口くん」

「いいっていったら、いいんです」

「いいって、あなた……」

「いいんです」

堀先生はマスクの下で、むむっと言葉を詰まらせた。おれは、あんたになにをいわれても恐かねーや、という顔をして、二本の腕をがっちり組んで、戦士のポーズをとっていた。

バチバチにらみあっているまに、始業のチャイムが鳴りだした。

ていった。

「あ。じゃあ、これで、失礼します」

腕組みしたまま、そういうと、おれは先生に背中を向けて、教室のなかに入っていった。

放課後は、すぐにやってきた。

体育館では、第三十五回連合体育大会の説明会が開かれた。今年の大会会場は、おれの通ってる小学校。大会開催予定日は、十月最後の日曜日。その日は市内の小学校から、それぞれ三十二名ずつ、六年生の参加選手が送迎バスでやってくる。

説明会が終了すると、おれたち選手は部ごとに分かれて、第一希望と第二希望の種目を紙に書きつけた。個人走の部の男子の種目は、五十メートル走、百メートル走、二百メートル走、八十メートルハードル、の四種目。ひとつの種目に出場できる選手は、どれも二名まで。おれは、あれこれ迷ったあげく第一希望をハードルにした。百メートル走も二百メートル走も距離が長くてくたびれそうだし、五十メートル走は、どう考えても人気が高いと思ったからだ。で、先生たちが紙を集めて、人数合わせをした結果、おれの希望はすんなり通って、ハードル選手のひとりになった。

ハードル選手の、ほかのひとりは、前から知ってるやつだった。「でくちゃん」っていうへんなあだ名をつけられちゃった不幸な男。身長約百七十センチ。そこらの中学生よりでかい。そのうえ、かなり太めなせいで、動きがのんびりして見える。デブで、でかくて、ぬぼーっとしていて、でくのぼうみたいだったから、そんなあだ名がついたんだって、だれかに聞いたことがある。

おれはみんなの輪から外れて、ひとりで、ぽつんと立っていた。でくちゃんは、おれがいるのに気づくと、にこにこしながら、寄ってきた。それから、とても小さな声で、なにやらぼそぼそいいだしたので、おれはでくちゃんの口元に、できるだけ耳を近づけた。体のわりに、でくちゃんは、あんまりはっきりものをいわない。国語の授業で教科書の朗読なんかをやらせると、「なにいってるのか、わかりません」なんて、みんなにいわれて、へどもどしちゃう。普通の人のささやき声でしゃべってるって感じかな。だから、こうして工夫をしないと、声が聞き取りにくいんだ。

「いっしょになったね。よかったね」

でくちゃんの声が、やっと聞こえた。

「よくない」

とても短いセリフで、おれがクールに答えると、でくちゃんは妙におどおどしながら、

「え、なんで」

と聞いてきた。

「なんでもクソも、めんどっちいじゃん。練習だとか、そういうの」

「え、そうかなぁ」

「そんなこと、ない？」

「うん、だって、おれ、立候補。山口は？」

「おれは推薦された」

「やっぱり、山口、速いから」

聞き取りにくいぼそぼそ声で、でくちゃんは、すごいお世辞をいった。たしかに昔は速かったけど、いまは、そんなに速くないんだ。七月にやった短距離走の記録会でも、そうだった。タイムは、そんなにふるわなかったし、手足のキレも悪かった。

「そういうことじゃなくってさ。ま、事情があんのよ、いろいろと」

おれは原田を泣かせてしまった、あのときのことを思いかえした。でも、でくちゃんは、なんのことやらさっぱり、という表情をして、

「とにかく大会頑張ろうよ、ね？　ふたりでさ」

とかなんとかいった。

その日は雨がやんだばかりで、校庭はまだ使えなかった。

「そしたらあした、お昼休みにハードル出して、走ってみようよ。おれ、練習メニュー作ってくるから」

でくちゃんがそういったので、

「わかった。それじゃ、またあした」

と、約束だけして解散をした。

道草をする用事もないので、一目散に家へ戻った。車庫には車が入っていたけど、おれの自転車が消えていた。

「おれの自転車、どこかにやった？」

食堂に行って、聞いてみた。

「知らない。あたしは使ってないわよ」

おふくろは呑気にそういった。なんだかいやな予感がしてきて、おれは二階に走って上がった。やっぱりそうだ。思ったとおり、健児は部屋にいなかった。

おれは階段をだだっと降りて、食堂のなかに駆けこんだ。

「健児が自転車、使ってる」

「そう。なら、しばらく貸してあげてよ」

「おじさんに買ってもらってないわけ？　あんなにいろいろ持ってるくせに」

「あの子、自転車は持ってないのよ。だいいち上手に乗れないし。ああ、そういえば河原に行って練習する、とかいってたような……」

「いってたようなじゃ困るんだってば。塾に行く日はどうすんの」

「そういうときには乗らないように、あたしが注意しておきます。それでいいでしょ」

「よくないね。だいたい、あいつ、学校は？」

「十一月から行くわよ、ちゃんと。いまはリハビリ期間なの。よくなった、とはいってもね、入院生活、長かったでしょ。普通の暮らしに慣れるまで、時間をかけて少しずつ体力をつけていくようにって、お医者さまにもいわれているし」

「なぁにがリハビリ」

むかむかしすぎて、セリフがのどにつっかえた。いくら病人だからったって、毎日ふらふら遊んでて、しかも人の自転車を勝手に使って体力作りだ？　ふざけるな。

そのとき、玄関のドアが開いて、健児が廊下をやってきた。おれは廊下に出ていった。やつに文句をいうためだ。ところが話をしはじめたのは、健児のほうが先だった。やつは興奮しまくった顔で、おれを見るなり、こういった。

「いまね、河原にオオカミがいた」

それから健児は長いこと、ひとりでべらべらしゃべりつづけた。おれとおふくろはぽかんとしたまま、やつの話につきあわされた。

話の中身は、こうだった。その日、健児は自転車に乗る練習をしに、河原へ行った（河原は、うちから歩いていっても五分くらいのところにある。川は一級河川といって、広くて長い、立派な川だ）。そこでしばらく練習をして、くたびれたので、ちょっと休んだ。休むついでに自転車をおいて、そこらを探検しはじめた。

そしたら、なぜだかオオカミがいた。

場所は、おれたち地元の子どもが「ススキノ原」って呼んでいる、遊歩道のとぎれたところ。健児はススキをかきわけながら、どんどん奥に入っていった。まわりに人はだれもいなくて、道らしい道もできてなかった。ただ一ヵ所だけ、へんな形にススキが倒れて、枯れていた。大きさは、ちょうど座布団ぐらい。そばにはフンも落ちていた。健児がそこに近づくと、かすかにうなり声がした。後ろを見たら、目を光らせたオオカミが低く構えてた。

「うそつけ」

おれは、そこまで聞いて、ついにがまんができなくなった。

「オオカミなんて、いるわけないよ。アメリカだったらともかくさ、ニホンオオカミは、とっくの昔に絶滅してんの。知らないの？　だから、そんなのいるわけないんだ。ただのノラ犬の見間違い」

「うそじゃないって」

夢見るような、うっとりした目で健児はいった。

「そいつ、全身が灰色なんだ。普通の犬より目が小さくて、鼻の先っぽが、すうっと細くて、キバなんてもう、ぎらぎらしてた。あれはノラ犬なんかじゃないよ。どう考えても、ぜったいオオカミ。前にテレビで見たことあるんだ。絶滅しかけた動物のフンかなんかが発見されて、学者の人が探しに行くの」

「それ、カワウソの話だろ。それにカワウソ、いなかったじゃん」

「オオカミだったら、いるかもよ。もしかしたら、あれ、絶滅しかけたニホンオオカミの生き残りとか、そういうやつかもしれないよ」

「ぜったい、違うね」

「ぜったい、そうだね」

「違うね」

「そうだね」

「違うね」

「そうだね」

「どうでもいいから、それ、外せって」

きりがないので、話題を変えた。

「それって、なに」

「そこについてる、トンボの化けもの。わかんない？」

おれは、健児のおつむのかわりに、自分のおつむを指でつついた。目障りなんで無視していたけど、山口の家にきてからずっと、健児は例のゴーグルを頭にはめたままだったんだ。

「おしゃれのつもりか、バッカじゃないの」

「おしゃれとちがう、大切なもの。これ、超時空ミラクルゴーグル、懸賞ハガキで当てたんだ」

「懸賞ハガキぃ？」

「チビッコスナックシリーズを買うと、ついてくるやつ。五千通の応募があって、百人にしか当たんなかった」

「なんだ、お菓子の景品かよ」

「景品だけど、すごいんだ。これ、かけるとね、神秘のパワーで、行きたいとこならどこへでも……」

「へえ、そう、そいつはよかったね。ともかく、いますぐ、それ、外せって」

「いやだ。ぜったい、外さない」

「外せよ」

「やだよ」

「外せよ」

「やだよ」

やっぱりきりがなくなったので、もういいやと思って、おれは黙った。でも、おふくろはにこにこしながら、おれたちのことを眺めてた。きっと、たまには兄弟ゲンカもほほえましくっていいわぁ、なんて思っているに違いないんだ。勘弁してよと、おれはいいたい。

「ぼく、エサ持っていってやるんだ」

最後の最後に健児はいった。知らないうちに、話が元のオオカミのところに戻ってた。おかげですっかり調子が狂って、文句をいうのを忘れてしまった。そのことに気がついたのは、むかむかしながら食事をすませて、風呂につかって、ベッドに入って、まぶたを閉じた後だった。

ちぇっ。

4

　なにはともあれ、夜が明けた。でくちゃんとおれは約束どおり昇降口で待ち合わせをして、お昼休みの校庭に出た。春に体育の授業で使ったハードルコースの白線は、トラックの直線コースの脇に、まだうっすらと見えていた。おれたちはまず用具室からラインマーカーを出してきて、消えかけた線を上からなぞって、ハードルをそこに並べていった。

　コースができると、おれたちは準備体操をちょこっとやった。「ラジオ体操第二」というのと、アキレスけんのストレッチ。それからふたりで、かわりばんこにコースを走ってみることにした。当たり前だけど、本気で、じゃない。試しに走ってみるだけだ。

——と思っていたのは、おれだけで、でくちゃんはどうも違ってた。

「軽ーくいこうね。初日だし」

なんて自分でいっておきながら、一回めから猛ダッシュ。二回めも、また猛ダッシュ。そのフォームというのが、ひどいんだ。なんていったらいいのかな。手足の動きがどたばたしていて、酔っぱらってる牛みたい。そう、いいにくいこといっちゃうと、でくちゃんはでかいだけなんだ。でかいぶんだけ足が長くて、一歩の幅が大きくとれる。だから速いというだけで、スピードがあるわけじゃない。そんな走りで立候補って、どういうつもりか気がしれない。

頭が痛くなってきた。

おれは、どたばた走りつづける牛さんのことは放っておいて、わざとゆっくりコースを走った。ハードル走で大切なのは、バーを跳びこさないで、またぎこすこと。できれば、ふつうに走っているのとおなじ姿勢を保つこと。とくに、ハードルをクリアするときのタイミングには気をつける。授業で習った三歩のリズムは、たしか、こんなふうだった。振り上げた足で着地したあと、抜き足がきて一歩——二歩——三歩めで、また踏み切って、振り上げた足を前に出す。

楽勝、楽勝。

二回走ったところで、おれは、すっかりコツをつかんだ。正しくいうと、すっかりコツをつかんだような気になった。でくちゃんのほうは、三回めのとき、ハードルを二台バタバタ倒した。おかしなフォームで走っているから、タイミングがすぐずれるんだ。隣のコースで練習していた女子のハードル選手がくすくす笑った。そのことにおれは気がついたけど、でくちゃんは気づいていなかった。

「調子、どう？」

五回走りおわると、でくちゃんはおれに聞いてきた。

「どうっていうか、まあまあだけど。でくちゃんは？」

「なんかイマイチみたい。このシャツ、動きづらいから、そのせいなのかもしれないな。おれ、あしたからジャージーで走る。かっこ悪いけど、仕方ないよね」

「ふうん」

イマイチの理由は、たぶん、おれがいちばんよく知っていた。でも、フォームがぜんぜんなってない、なんてズバリいうのは気がひけた。

「もう一回、やる？」

「時間がないよ。これ、片づけなきゃならないし」

「あ、そうか」

でくちゃんは、とても残念そうに、そういうと、シャツのポケットに手をつっこんで、くちゃくちゃの紙を取りだした。

「このこと、いうの忘れてた。おれ、練習メニュー書いてきたんだ」

文字で埋まったレポート用紙が、おれの目の前で開かれた。なんのつもりだかわからないけど、ワープロなんか使ってる。

「朝練、昼練、放課後練と——休日向けの自主トレメニュー？」

なんじゃこりゃ、とおれは思った。だって、本当に書いてあるんだ。その隣にある「トレーニングの内容」っていうところも、すごい。スタートダッシュ。もも上げ。ジョギング。腹筋運動。スクワット。

「でくちゃん、これ、やるつもりなの？」

「うん、そのつもりで書いてきた。リレーのやつらも、けっこうハードに練習するって、さっきいってた。そうじゃなくても、おれ、夏休みにサッカークラブやめちゃったんだ。それで運動不足気味だし、もしよかったら山口も……」

「あ、塾あるから放課後はだめ」

「塾って毎日？」

「そうなんだ。あと朝練も、むりだと思う。低血圧がひどくてさ」

やってられるか、そんなこと。と心のなかでつぶやきながら、おれは、うそつきの天才みたいに、すらすらとうそを並べていった。塾は火曜と木曜だけだし、血圧のこともよく知らない。でも、でくちゃんは、おれのセリフをそのまま素直に信じてた。低血圧っていったときには、たいへんだねって顔をした。

「そうか。じゃ、いっしょに練習できるの、お昼休みと日曜くらい？」

「そうだね」

さすがに、もうそれ以上断る勇気は、おれにもなかった。

「そしたら、あれだ。今度の日曜、山口、予定空けといて。どこかふたりで練習できるところがないか、探しとく」

「探しとくって、ここじゃだめなの？」

「休みの日は、ここ、立ち入り禁止」

「なんだ、じゃハードル出せないじゃん」

「だから自主トレメニューがあるの。野球選手もシーズンオフには、自主トレやったりするじゃない？　あれとおんなじ。コースの上で技術を磨くだけじゃあなくて、筋肉なんかも、うんと鍛えて、スタミナをつけておかないと。ほら、大会のとき、予選と本選、二回にわけて走るでしょ。予選でバテたら、本選で力が出せなくなっちゃうからさ」

レポート用紙を四つにたたんで、ポケットのなかにしまいなおすと、でくちゃんはハードルのバーをむんずとつかんで、肩に担いだ。

「――なんか、すっかり燃えちゃってるね」

おれは、でくちゃんの背中にいった。

「え、なんかいった?」

「いや、別に」

おれは笑って、ごまかした。

次の日、さっそく、でくちゃんはジャージー登校を開始した(もちろん、おれはしなかった。なぜって、だって、ダサいから)。おれが学校に着いたときには、もう朝練も終わりのころで、整理体操を黙々とやる選手の姿が遠くに見えた。よくやるよなぁ、と、おれは思った。いや、でくちゃんひとりの話じゃない。信じられないことだけど、いざ練習をはじめてみると、でくちゃん並みに燃えてる選手がけっこういるってことがわかった。

「最初で最後のチャンスだし、いい思い出になるよね、きっと」

「八位入賞で賞状が出るって聞いたら、気合いも入る」

そんな会話を、休み時間のトイレの前でしてたのは、うちのクラスの女子選手と、ほかのクラスの女子選手。思い出だとか、ものにつられてやる気を出すってて単純だけど、いったんその気になったやつらは、見てると、やっぱり違うんだ。ただ体操をしていても、トラックの上を走っていても、目なんかほんと、きらきらしちゃって、おでこの汗まできらきらしてる。

きらきらしてるやつらを見ていて、おれはますます冷めてきた。ものにはぜんぜんつられなかったし、思い出なんてほしくなかった。そもそもおれは、こんなところでこんなことをするはずじゃなかった。推薦されて、断れなくて、仕方がないからやってるだけだ。

どんよりしているおれの頭の上で、空はさわやかに澄んでいた。

空気はやたらに清々しくて、校庭は白く乾いてた。

——ここは砂漠だ。水をくれ。

おれは、ぶつぶつ文句をいった。

——ここは砂漠だ。水をくれ。でないと脳が干からびる。

やる気もないのにやっているから、飽きるのもすごく早かった。堀先生は、ふたりの様子を何度か見にきてくれたけど、おれは地べたにどっかりすわっていることのほうが多かった。

「どうしちゃったの、山口くん」

「横っ腹が痛いです。あと、こめかみのへんもズキズキします。おまけにきょうはゲリ気味です」

それで話は、すぐに終わった。おれは地べたから離れなかった。堀先生は、ひどいフォームで必死に走るでくちゃんを「ドンマイ」なんてなぐさめてから、ほかの選手を見に行った。

クソ面白くない日々だった。

家では健児がうろうろしてたし、小学校に行けば行ったで、ハードルがおれを待っていた。

かわりに、塾へ通うのがなんだか楽しくなってきた。安心してくれ。べつに頭がどうにかなったわけじゃない。こっちとそっちを較べたら、こっちがましって意味なんだ。

それで、前より早い時間に塾へ出かけることにした。いままでは、いつもぎりぎりセーフで塾に到着してたから。

「近ごろ勉強きつくてさ。わかんないとこがたくさん出てきた。だから、これからは早めに行って、自習室で自習する」

おれがいったら、おふくろは急にへなへなやさしくなった。そのうえ、おやつのパン代と飲みもの代までよこしてくれた。おれはコンビニでおやつを買って、ロビーで、それをひとりで食べた。ひとりで、だれにも邪魔されないで、ものを食べるのは気持ちがよかった。

谷田部が塾にやってきたのは、木曜の夜のことだった。その日は実力テストがあって、生徒は大教室にいた。谷田部は、すうっと入ってくるなり、おれの隣に腰を下ろした。たまたま席が空いていたから、そこにすわったみたいに見えた。最初、谷田部はおれに気づくと、ぎょっとしたような顔をした。山口拓馬がきているなんて、予想もしていなかったんだろう。自慢になるからいいたくないけど、この塾はかなりレベルが高い。入塾テストに受からなければ生徒になれない塾なんだ。おかげで、おんなじ学校のやつも、そうたくさんは入ってこない。おれがこの塾を選んだ理由も、もとはといえば、それなんだ。

で、谷田部は、ぎょっとした。おれも谷田部にぎょっとしたけど、すぐにテストがはじまったので、あいさつなんかはしなかった。ただなんとなく、へんな気がした。谷田部がひとりでいたからだ。谷田部は木崎の一の子分で、木崎といっしょに行動してる。朝、学校にくるときも、給食のときも、下校のときも、まるで金魚のウンコみたいに、木崎にべったりひっついている。

「おれたち、ふたりでひと組なんだ」

いつだか、木崎がほざいてた。

「谷田部は、おれの影の分身。なんでもいうこと聞くんだぜ」

前にもいったと思うけど、木崎は足が悪いんだ。小さいころの事故かなんかで、片足がちょっと曲がってる。じっとしてれば、わからない。でも、歩くと、たしかにひょこひょこしてる。階段なんかを昇るときには、腰が大きく揺れている。みんなは見て見ぬふりだけど、木崎は、そのことを気にしてる。それで、谷田部を自分の体のつっかえ棒のようにして、肩を組んだり、腕を組んだりしながら、ふたりで歩くんだ。だから、谷田部がひとりでいるのを見るのは、その日がはじめてだった。めずらしいこともあるもんだな、とひとごとながら、おれは思った。

実力テストの最終科目は、算数だった。制限時間は四十五分。図形を描くのは面倒なので、最後の作図の問いを残して、おれはシャーペンを机に置いた。ふだんだったら、そのまま、さっさと答案を前に出しに行く。でも、そのときは谷田部のことが気になっていて、そうしなかった。谷田部は定規とコンパスを出して、せっせと円を描いていた。

「残り、十分」

腕時計を見ながら、バイト講師の島本がいった。谷田部は黒いビニールのペンケースに手をつっこんだ。

「あれ」

と、つぶやく声がした。それからしばらく、谷田部の指はペンケースから出てこなかった。ケースのなかで、なにかを探してゴソゴソやってる音がした。

「残り、五分」

島本がいった。谷田部は、それこそデパートのなかで親にはぐれた迷子みたいに、おろおろそわそわしはじめた。横目を使ってちらっと見たら、唇なんて、まっ白なんだ。どうも消しゴムを忘れてきたか、なくしちゃったかしたらしい。

あわれなやつだな。

おろおろしている谷田部の隣で、おれは思った。おれがやつなら、すぐ手を挙げて「あの、消しゴムが」くらいはいえる。なのに谷田部はだめなんだ。もともと子分に向いてるやつだ。木崎みたいに強力なボスが側にいないと、なにもできない。友だちづくりを大切に、なんて、おとなはみんないうけれど、仲間とべたべたやってると、こういう場面でボロが出る。

おれは島本がこっちを向いていないかどうか、たしかめた。島本は教壇のイスにすわって、鼻毛をぶちぶちむしってた。

——いまだ。

おれは、その瞬間だけ、人目をしのぶスパイになった。任務は、だれにもばれないように、自分の持ってる消しゴムを人さし指で、ぴんと弾いて、谷田部の前に転がすことだ。いったよね。おれは消しゴムを持ってるだけで使わない。落書きなんかはたまに消すけど、テストのときには使わない。だから貸してやることにした。谷田部のことは好きじゃないけど、ケンカしているわけでもないし、退屈してたとこだから。

おれは消しゴムをぴんと弾いた。少し強めに弾いた気がした。でも、谷田部は腕をびくっとさせて、その消しゴムをキャッチした。推理は見事に当たってた。谷田部は自分が手にしたものをしげしげと見て、それから、それをすごい勢いで使いはじめた。

あっという間に五分は過ぎた。

答案を前に出した後、谷田部は、ごにょごにょお礼をいって、消しゴムをおれに差しだした。おれは「おお」だか「ああ」だかいって、その消しゴムを受け取った。たぶん、ノートの隅かなんかで、ごしごしやったんだろうと思う。黒い汚れも、ちりちりのカスも、どこにもついていなかった。

5

雨だれの音で目が覚めた。十月二度めの日曜日。雨戸を開けると、空一面に黒い雨雲が広がっていた。

「きょうは一日、全国的に雨が降りつづく模様です。みなさん、カサの置き忘れには、くれぐれも注意なさってください」

気象予報士の男の人が、テレビのなかでそういった。朝から河原でやるはずだった自主トレも、これでおじゃんになった。願いが天に通じた気がして、おれはひそかに喜んだ。浮きうきしながら服を着がえて、食堂でパンをかじっていると、健児のやつがパタパタと廊下を走ってやってきた。

「あ、おにいちゃん、おそようさん」

つまらないギャグを健児はいった。

「おやじとおふくろ、どこ行った？」

むすっとしたまま、おれは尋ねた。

「法事に行った」

「おじさんち？」

「そうじゃなくって、新潟のほう。おとうさんが生まれた家に、新幹線と電車で行った。だから、帰るの遅いって」

「何時に帰るの」

「八時ごろ」

「んじゃ、夜は出前か」

「出前じゃなくて、後でふたりで買いに行くんだ。お金、貰ってあるよ、ぼく」

そういいながら、健児は、おれに財布の中身を開いて見せた。財布といっても健児のじゃない。おふくろの赤い革の財布だ。

「ね、五千円、ちゃんとあるでしょ。それと映画のただ券もある。これ、おとうさんの会社で、きのう配ってたやつなんだって。あ、お昼はゆうべのシチューの残りと、ごはんをチンして食べるんだ。それからバスで駅ビルに行って、映画を見てから、夕ごはん買うの。雨があんまりひどくなったら、帰りはタクシー使っていいって」

「おれ、行かない。おまえ、ひとりで行けば」

「ふたりで行けって、いわれてる。駅ビル、あんまり詳しくないし、買いものの仕方、わかんないもん」

ちぇっ、使えないやつだな、ほんと。いらいらしながら、おれは思った。五年生のときの山口拓馬は、ひとりでなんでもできたのに。

「ねぇ、おにいちゃん、どうすんの」

「……財布、よこせよ」

おれはうめいた。浮きうきしたのが間違いのもと。人生、そんなに甘くなかった。

午後一時半。健児とおれは揃ってバスに乗りこんだ。休日らしく、バスも道路もぎゅうぎゅう詰めに混んでいた。駅ビルの上の映画館にも、普段より多く人がいた。健児とおれは、自動販売機で紙コップ入りのジュースを買って、いちばん前の列の端っこにふたりで並んで、腰かけた。

結果から先にお知らせすると、映画はけっこう面白かった。アメリカ人の若い刑事がベテランの刑事とコンビを組んで、不気味な連続殺人事件の犯人を追いつめていく。最後の最後に犯人はめでたく捕まるわけだけど、若い刑事は犯人を撃ち殺してしまうんだ。

「撃つなっ」

ベテランの刑事は、いうんだ。そこで犯人を撃ち殺したら逮捕ができなくなってしまうし、事件の謎も解けなくなる。若い刑事はバカじゃないから、そのこともちゃんとわかってる。犯人を撃てば、今度は自分が人殺しになることも知ってる。

でも、その若い刑事は撃った。

犯人の頭をズドン、と一発。

やった理由は、はっきりしてる。撃たれる前に、犯人が若い刑事の奥さんを殺してきた、といったから。犯人は、その若い刑事を苦しめるために、わざとそうした（こいつは人を苦しめるのが生きがいみたいな悪党なんだ）。人を平気で殺せるやつは、自分が死ぬのも怖くない。若い刑事は、犯人のワナにまんまとはまってしまったわけだ。

おれは最後の三十分間、ドキドキハラハラしどおしだった。

「わたしが憎いか。憎いだろう。だったら復讐すればいい」

みたいなことを、犯人が若い刑事にいったときには、がまんしていたおしっこが一滴ぐらいはもれた気がした。

「どうだった？」

映画館を出た後、おれは健児に聞いてみた。

「ただでよかった。つまんなかった」

あくびをしながら健児はいった。

「話の筋がわかんなかった？」

「わかったけど、でも、なんだか人が死んでばっかりで、いやだった。ぼく、ああいうの好きじゃない」

「じゃあ、どういうのが好きなわけ？」

「だから、スピルバーグとか」

「えっなに、なんてハンバーグ？」

「……おにいちゃん、それ、ぜんぜん違う」

話をしながら、おれたちはエレベーターに乗りこんだ。エレベーターを待ってるときも、エレベーターに乗ってるときも、健児は自分が好きな映画や映画監督の話をしてた。スピルバーグは食べものじゃなくて、映画監督なんだって。若いころから、SF映画を撮るのがとても上手な人で、そこに出てくる宇宙人たちは、みんないいやつなんだって。

「宇宙人はね、色が白くて、つるつるしてて、毛がないの。頭がでかくて、目が小さくて、でもって、すごくやさしいの。宇宙人のこと、インベーダーとかエイリアンとかいうけどさ、宇宙人が地球にくるのは、戦うためじゃないんだよ。地球人と仲よくなって、平和に暮らすためなんだ」

なんか、うそくさい話だなって、それを聞きながら、おれは思った。だって、そうでしょ。NASAのロケットがばんばん打ち上げられるのも、科学者たちが宇宙の不思議を研究するためだけじゃない。人間が住めるステーションとかいうのを宇宙のどこかに建てて、将来、地球がだめになったら、そこに逃げこむ計画なんだ。宇宙はだれのものでもないから、だれも文句は、いってこない。でも、だからといって地球人だけが勝手に使っていいのかな？　もし似たようなことを考えている宇宙人がいたとして、地球人とばったり会ったら、ケンカしないですむのかな？　おれにはそうは思えないから、スピルバーグとは意見が合わない。インベーダーはインベーダーで、友だちになりにくるんじゃない。

「そいでね、あのね」

健児は、しつこくしゃべりつづけていたけれど、地下街に着いたあたりから、おれは話を聞いてなかった。もともと健児は足がのろくて、おれは、せかせか速めに歩く。てきぱきしてるおれの後ろを、とろい健児がついてくる。それで、歩いていくごとに、ふたりのあいだがどんどん離れる。離れていけば、自然と声もどんどん大きくなってくる。

「そいでね、ぼくね、考えたんだ。あんまり身近で、つい忘れちゃうけど、地球も、やっぱり星の仲間で、宇宙の一部なんだよなって。だから、地球が星のなかではいちばん好きで、二番めが火星。なんで火星が好きかっていうと……ねぇ、おにいちゃん、聞いてんの！」

みっともないので、無視をした。

それからふたりで地下街の店を回って、おかずを買った。レジには列ができていたので、おれはひとりでそこに並んだ。

「ぼく、一階で待ってるね」

健児はいって、姿を消した。みっともなくてうるさいやつがいなくなったので、ほっとした。おれは、コロッケとシューマイと焼き飯を入れたカゴをさげ、そこらのおとながするように、黙って順番待ちをした。

五分か、六分くらいが過ぎた。

ようやく列の先頭にきて、お金を払うと、荷物を持って、おれは一階に上がっていった。健児がいるのは、すぐにわかった。改札口の斜め前、雑貨や家具をきれいに飾った大きな店の前にいた。でも、こっちを向いていたんじゃない。ショーウインドーの分厚いガラスに自分の姿が映っているのを、じろじろと眺めまわしてた。それも、おかしなポーズつき。おすもうさんのドスコイのまねとか、胸を叩いてるゴリラのまねとか、フラダンスとか、そういうの。

なんだか頭がカーッとなって、目の前が白くなってきた。健児は気づいていなかったけど、お店のなかにいる人たちには、恥ずかしすぎるゴリラのポーズがまる見えになっていたからだ。

ショーウインドーにたどりつくのに、あと五歩のところで、足は止まった。おれは健児の背中を見てた。通りすがりのおばさんに、とつぜん声をかけられるまで、黙って健児の背中を見てた。

「かわいらしいのね、ご兄弟？」

おばさんは、おれにそういった。にこにこしているおばさんの目は、健児のほうを向いていた。

「——あ、違います」

おれは思わずあかの他人のふりをした。ゴーグルをはめた、へんちくりんな弟なんて、おれは知らない。みっともなくてガキまるだしの弟なんて、おれはいらない。

ものであふれた二階の部屋が、まぶたの裏にぱっと浮かんだ。じゃまくさすぎるクソぬいぐるみに、クソゲーム機に、クソベッド。とたんに、健児の後ろ姿がインベーダーに見えてきた。おれの心の平和を乱す、静岡からきたインベーダー。冗談みたいな話だけど、でも、ふざけていってるわけじゃない。健児がきてから、おれのまわりじゃ、やなことばっかり起きている。

復讐のときがやってきたのだ。

頭のなかで、だれかがいった。さっきの映画の犯人がささやきかけたのかもしれない。

おれはじりじり後ずさりして、健児との距離を拡げていった。それでも健児は気づかなかった。ただの一度もきょろきょろしたり、おれを探しているような素振りを見せたりしなかった。とにかく自分がそこに立ってりゃ、必ず相手が見つけてくれる。そう信じてるんだ。甘いんだ。むかむかするんだ、そういうの。

ズドン、と銃が火を噴いた。

おれは、くるりと後ろを向いて、人ごみのなかにすっと混じると、バスターミナルへ走っていった。


弟を駅ビルに置き去りにした。別に、たいしたことじゃない。雨もそんなにひどくなかった。歩いて戻ってくると思った。

だけど健児は、戻らなかった。六時になっても、七時になっても。おれはひとりで食事をすませて、風呂をわかして入ってた。そのまに、おやじとおふくろが健児をつれて、戻ってきてた。

「なにがあったか説明しなさい」

おふくろの声は、震えてた。

「どうして健児が改札口でわんわん泣いて立ってたの。どうしていっしょじゃなかったの。拓馬だけ、なんで家にいるのよ」

おれは、なんとも答えなかった。洗ったばかりの髪の毛をタオルでごしごしふきながら、さぁね、と低くつぶやいた。健児はソファーにぐったりすわって、ヒューとかコホとか、のどを鳴らした。ゴーグルは首の根元のところにずり落ちたまま、止まってた。

「せきどめは？」

居間の戸棚を開けて、おやじが薬を出してきた。五種類くらいの袋のなかから、健児は自分で薬を選んだ。

「発作が出たのよ」

おふくろは、いった。

「健児はね、あなたが誘拐されちゃったんじゃないかって、心配になって、駅ビルのなかをぐるぐる回っていたのよ、ずっと。それで、発作が出ちゃったの」

「だから、なに」

ふてくされていったら、その場の空気が固まった。おやじがこっちに近づいてきて、おれのタオルをもぎとった。

おやじの右手が高く上がった。

近くで、なにかが破裂した。

唇が弾けて、つばきが飛ぶと、耳の奥がじーんとなった。

「どうして、お前はそうなんだ」

眉をつりあげて、おやじはいった。

「人を人とも思わない。自分のことしか考えない。ぶつぶつ文句ばっかりいって、まわりにあたって、楽しいか。後で鏡でチェックしてみろ。その目は死んだ魚の目だぞ。生きてることがつまらないって人間がする目つきだぞ。いいか、生きてることがつまらないのは、他人のせいじゃない。おまえのせいだ。なにやったってつまらないのは、おまえがつまらん人間だからだ」

おやじは、めったに爆発しない。おふくろは、よく細かいことでガミガミいうけど、おやじのほうは、普段は静かでやさしい人だ。だから、余計に驚いた。いけないことをやったんだから、叱られるのは仕方がないけど、ビンタされるとは思わなかった。

ぶたれたところに手をやって、おれは長いことぼーっとしてた。そのうち、電話がプルルと鳴った。おふくろが出て、おれが呼ばれた。

「——もしもし、山口?」

でくちゃんだった。

「うん、おれだけど。どうしたの?」

「どうしたのって、山口のほうこそ、きょうは、どうしたの?」

会話の流れがぐちゃぐちゃなのと、頭が混乱しているのとで、いったい、なにを話せばいいのかわからなくなって、口をつぐんだ。でくちゃんも、すぐそれに気づいた。それから、とてもちっちゃな声で、いいにくそうにもそもそいった。

「あの、雨が降ったらうちでやるって、ゆうべの電話でいったよね? ほら、うち酒屋で倉庫があるから、そこでトレーニングができるからって」

「――あ」

「もしかして、忘れてた？　おれ、きょうずっと待ってて、それで、三時にいっぺん電話したんだ。でも留守だったみたいで、だから……」

そこまでいわれて、ようやくおれの頭は回転しはじめた。ごめん、うっかり忘れてた、とは、とてもじゃないけどいえなくなった。でも、でくちゃんは怒らなかった。約束をちゃんと守らなかった山口拓馬に怒るどころか、おどおどしながら、こういった。

「いいんだ。ほかに用事があって出かけてたんなら、しょうがないもの。……あの、もしかして迷惑だった？　お休みの日に自主トレなんて。おれ、なんだかひとりで張り切っちゃって。山口、いろいろ忙しいのに、むりに誘ってごめんね、ほんと」

それだけいうと、でくちゃんはあわてたように電話を切った。ほっぺたの肉がひりひり痛んだ。涙のかわりに、鼻水が出た。

6

健児の発作は、昔みたいにひどくならずに、すぐ治まった。月曜の朝、食堂に行くと、やつはけろりとした顔で、おふくろとなにか話をしてた。なんの話かは、わからない。

「おはよ」

おれは、めずらしく自分のほうから、あいさつをした。健児はそれをきっぱり無視して、そっぽを向いてしゃべってた。

「おはよう」

わざと大きな声で、もう一度だけ、いってみた。だけど、見事にかわされた。

「いじわるな人とは、しゃべらないんだ。もう決めたから」

ロボットみたいに冷たい声で、健児はいった。

それから健児は本当に、おれとは口をきかなくなった。食事のときも、ふたりっきりで二階の部屋にいるときも。用がないなら、それでもいいけど、用があっても黙ってるんだ。トイレの紙がないことぐらい、いってくれないと、すごい迷惑。

「もういい加減にしなさい、健児」

そばで見ていたおふくろも、あんまりやつがしつこくするので、ついに健児をたしなめた。

「だって、あいつが悪いんだ」

健児は頑固にいい張って、山口拓馬／完全無視の姿勢をまったく崩さなかった。向こうがそういうつもりでいるなら、それでもいいや、とおれは思った。忘れることの早い人間は、あきらめるのも早いんだ。

雨は、降ったりやんだりしながら、地面をぐずぐず濡らしつづけた。でくちゃんとおれがせっかく引いたハードルコースの白線も、泥にまみれてぼやけてしまった。おれは秋雨が嫌いになった。ぬかるみだらけの校庭に立ち入り禁止の札が下がると、大会選手は体育館でトレーニングをしはじめた。

体育館での自主トレに、でくちゃんはおれを誘わなかった。やる気がないってわかってるやつを、誘わないのは当然だった。特等席にすわったおれは、体育館の窓を見つめた。四階にある教室からは、なかの様子がよく見えた。もちろん、見ていただけじゃあなくて、一度はそこに行きかけた。体育館用シューズを持って、渡り廊下のところまで。でも、誘われないのにのこのこ行くのもなんだかへんだと思って、やめた。いや、正直にいうと、でくちゃんに会う勇気がなかっただけなんだけど。

なにもすることがなくなった。

それで、選手になる前みたいに、休み時間のあいだじゅう、べったり机に張りついていた。

「選手のくせに、サボってますわよ」

火曜の昼に、木崎がいった。

「あのかた、ほんとに困りますわね。クラスの代表、失格ですわ」

あのかたって、それ、おれのことかよ。

うつむいたまま、おれは思った。まだ給食が終わったばかりで、教室はがやがやにぎやかだった。だけど、おれには木崎の声が、ほかの声よりでかく聞こえた。どう考えても、おれに向かっていっているとしか思えなかった。

「よしなよ、木崎。聞こえるよ」

続いて谷田部の声がした。

「聞こえるように、いってんだもん」

木崎はげらげら笑って、いった。頭にきたので、おれはおもいきりイスを蹴とばして、すっくと立った。当たり前だけど、おれは、あくまでも木崎に用があったんだ。なのに、どうして原田の顔が、おれの目の前にあるんだろう？

おれは鬼みたいにまっ赤になって、肩をいからせて立っていた。そのうえ手には、どういうわけだかリコーダーまで握ってた。原田は、とつぜんのできごとに、びくっとなって動きを止めた。たまたまなにかの用事があって、そこにいたような感じに見えた。

「そうじゃなくって」

おれは、慌ててリコーダーを引っこめた。

「じゃなくて、あ、き、木崎のやつが」

しどろもどろになってしまった。原田は泣いたりしなかったけど、泣きそうな顔でおれをにらんだ。それから自分の席に向かって、たかたか走って逃げてった。

「夫婦ゲンカだ」

いちばん前の席から、木崎がひやかした。

「なんだよ、おまえら、できてんのぅ?」

教室じゅうが、ざわめいた。なんでそういう話になるのか、おれには、さっぱりわからなかった。

「うるせえ、ばーか」

原田さゆりが、すごい剣幕で木崎にいった。

なんだか、どっと気が抜けた。

しおれた気分で塾に行ったら、こないだやったテストの結果がロビーに貼りだされていた。山口拓馬は、塾のなかでは、半分よりも後ろの成績。谷田部のほうは、初登場でしっかり上位に入ってた。

「消しゴムのおかげ。助かった」

教室にきた谷田部がいった。

「けっこう、やるね」

ほめてやったら、谷田部は本気で照れていた。

「おれって、隠れガリ勉だから。ていうか、木崎がそういう話、好きじゃないからしないんだけど、家庭教師もつけてるし」

「ふぅん。じゃ私立受験するんだ？」

「うん、迷ってたけど、することにした。堀先生が勧めてくれて――みんなには、まだ内緒だよ」

　そういいながら、谷田部は、おれの隣の席に腰かけた。次の授業がはじまるまでには、まだ少しだけ時間があった。

「きょうは、ごめんね」

　筆記用具の準備をしながら、谷田部はいった。

「え、なんのこと？」

　なんのことだかわかっていたけど、おれはとぼけた。

「木崎の話」

「ああ、あれだったら、別にいいんだ。気にしない」

「だけど木崎は気にしてる。山口のこと、好きじゃないんだ」

「みたいだね。でも、なんでだろ」

　おれは、すかさず聞いてみた。木崎のことは、谷田部に聞くのがいちばんいいって思ったからだ。

　そしたら谷田部は、こういった。

「だって、なんでもできるから」

「は？」

「山口、なんでもできるから。クラスじゃそんなに目立ってないけど、勉強だってかなりできるし、スポーツだって得意でしょ？　それで、木崎が悪口いってた。あいつ、人よりできると思って、手抜きばっかりしてるって。それが目障りなんだって。ほら、二学期の席替えのあと、山口、いちばん後ろの席で、毎日、気持ちよさそうにこっくりこっくりしてたじゃない？　たぶん、そのころからなんだ。クラスにむかつくやつがいるって、木崎がとつぜんいいだして、山口のことマークして——選手に推薦するときだって、そんなようなことといってたよ。どうせまじめにやりゃしないから、インネンつけて楽しもう、とか。あいつの根性叩きなおして、まともな男にしてやろう、とか。要するに期待してるんだよね。山口が練習サボること」

「そんなの、余計なお世話じゃん」

カチンときたので、思わずいった。カチンときたのは、いわれたことに心当たりがあったから。

「ほんと、ごめんね」

谷田部は、すごくすまなそうに頭を下げた。

「なんで谷田部が、謝るの」

「だって、おれ、木崎の味方してたし。それに、わかんなくもないんだよ。そうしたくなる木崎の気持ち」

「どういうふうに、わかるわけ？」

「たぶん木崎は、山口のことが気にくわないとかいうよりも、ねたんでるんじゃないのかな。あ、木崎は、そうはいわないよ。あいつ、プライド高いから。他人のことをうらやましいとか思うの、嫌いなやつだから。でも、側で見てるとわかるんだ。これ、いっちゃいけないことだけど、山口と違って、木崎って、やってもできないやつなんだ。近ごろはもう授業にだってぜんぜんついていけないし、あの足のせいで、体育の時間もほとんど見学しちゃってる」

「かわいそうなやつだってこと？」

「そういうところも、少しある」

「でも、そんなの、おれのせいじゃあないし、谷田部のせいでもないんだぜ」

「そうなんだよね。後から、おれも、どっちが悪いか気がついた。だから……」

と、谷田部がいったところで、教室のドアが、がらっと開いた。島本だった。

おれたちはすぐにノートを開いて、黒板を見た。

「……だからきょうも、おれ、いったんだ。くだらないことやめようぜって。そしたら、木崎にどつかれた。あいつって、まじでキレてんだ」

前を見たまま、もごもごと、こもった声で谷田部はいった。前を見たまま、山口拓馬はなんとも返事をしなかった。会話は、それきり続かなかった。でも、もうそれで十分だった。カチンときたのはともかくとして、谷田部の話を聞いたおかげで、いままでずっとわからなかったわけがわかって、すっとした。

おれは授業を真剣に聞いているようなふりをしながら、にいっと笑った木崎の顔をノートの隅に描いてみた。その似顔絵が、思ったよりも上手に、みにくく描けたので、おれも木崎に負けないように前歯をむいて、にいっとやった。

チョークを握った島本が、気味悪そうにおれを見た。

「どうした、山口」

「いや、別に」

にいっとしたまま、おれは答えた。

もやもやとした気分が晴れたら、三日続いた雨も上がった。水曜の朝、空はどこまでもスカッと青く、澄んでいた。

ところで、木崎の期待のほうは、ばっちり裏切ることにした。おれは久々に早起きをして、親をびっくりさせたあと、背中のリュックをがちゃがちゃ鳴らして、小学校まで走っていった。こういう場合は、ジャージーで行くのが正解なんだと思って、そうした。校庭は少し湿っていたけど、使えないほどひどくはなかった。

「用具置き場のカギください！」

職員室で、おれは叫んだ。日誌を見ていた堀先生が、驚いた顔でこっちを向いた。

「ど、どうしちゃったの。山口くん」

「どうもしません。カギください」

それで話は、一応通じた。堀先生にカギをもらうと、おれは校庭に出ていって、コースの線を直しはじめた。そのときはまだ、おれのほかには選手はだれもきていなかった。おれはコースを直しおえると、ひとりで準備体操をして、トラックの上をぐるぐる回って、足の筋肉をあたためた。

七時半過ぎ。選手の姿が、ようやくちらほら見えてきた。肌寒かった外の空気も、日射しを浴びて温もった。でくちゃんは、ほかの選手のひとりと話をしながら、やってきた。おれがすっかり並べおわったハードルの横にいるのを見ると、「あれ？」というような表情をして、斜めに首を傾けた。

「遅いぜ、でくちゃん」

それだけいうと、おれはスタートラインのところへ行って、でくちゃんがなにかいいかけたのを無視するみたいに、走りはじめた。ダッシュはかけずに、ゆっくりと。全部じゃなくて、途中まで。なにしてるって、教えてるんだ。これまでのことを謝るかわりに、おれは今から、でくちゃんに大事なことをいうつもり。

「今の、見た?」

足を止めると、おれはでくちゃんにそう聞いた。

「え?」

ぼんやりしていたでくちゃんは、ふたつの目玉をパチクリさせた。

「フォームの話をしてるんだってば」

そういいながら、もう一度、おれはスタートラインに立って、コースの脇を指さした。

「そしたら今度は、よく見てて。そっちじゃなくて、あのへんで。そう、ハードルの横のとこ。そこから、おれのすること見てて。振り上げた足と、抜き足と、体の向きが、どうなってるか。それからついでに、踏み切りの位置と、着地の位置にも注目してて」

うん、とでくちゃんがうなずく前に、おれはスタートを切っていた。走る――踏み切る――バーすれすれに足を振り上げて、素早く着地。そのまま三歩のリズムに乗って、走る――踏み切る――素早く着地。

たたん。と地面を軽く鳴らすと、コースをそれて、おれは止まった。

「わかった？」

「うん、まぁなんとなく。山口、やっぱり、上手だね」

でくちゃんは、さも感心したって顔つきになって、そういった。

「踏み切る位置は、ハードルよりもかなり手前でいいんだよ」

「うん」

「その反対に、着地のときは、ハードルを越してすぐのとこ。遠くで踏み切り、近くで着地。そのこと頭に入れとくだけでも、フォームが違ってくるはずなんだ。自然と腰が低くなるから、ぴょんぴょん跳ねなくなってくる」

「うん」

「じゃ、でくちゃん、やってみて。今度はおれが見てるから。ゆっくり走っていいからさ」

「わかった。ゆっくりやってみる」

でくちゃんは体をゆさゆさ揺らして、スタートラインのところへ行った。それから、あわてて、解けかけていたシューズのひもに手をやった。

「山口」

「ん？」

「ひとつ聞いていい？」

そういわれて、おれはちょっと構えた。堀先生とおんなじことを聞かれるのかな、と思ったからだ。でも、でくちゃんの質問は、予想したのと、まるで違った。シューズのひもを結びおえると、でくちゃんは、おれにこういった。

「あの、低血圧、治ったの？」

……なんていうかその、でくちゃんは、呆れてものがいえないくらい人がよすぎるやつなんだ。

7

　まぁそんなわけで、でくちゃんとおれは、めでたくコンビを復活させた。その日を境に、でくちゃんはどたばた走りをしなくなり、山口拓馬は練習嫌いのサボり屋なんかじゃなくなった。あてがはずれた木崎のやつは、つまらなそうな顔をして、ジャージー姿の山口拓馬を子分といっしょに眺めてた。もちろん、おれは、そうするつもりでダサいジャージーを着てるんだから、つまらなそうな木崎を見るのは、死ぬほど愉快でたまらなかった。

　練習時間のあいだじゅう、おれはひたすら手足を動かした。クワを握った農家の人が荒れた畑を耕すように、ぎざぎざがついたシューズの底で校庭の土を蹴りつけた。スタートダッシュ。もも上げ。ジョギング。腹筋運動。スクワット。踏み切り、着地。踏み切り、着地――もひとつおまけに踏み切り、着地。

「湿布薬ある？　でかいやつ。筋肉痛がひどくてさ」

ジャージー生活一日めの夜、おれはおふくろにそう聞いた。

「まめが潰れた。バンソーコーは？」

二日めの夜は、そう聞いた。毎晩、おれはくたくたになった体をベッドにもぐらせた。夢も見ないで、ぐっすりと寝て、朝の六時にはむっくり起きた。疲れているのに、よく寝たおかげで、頭はスッキリさえていた。お昼がきても、お昼を過ぎても、眠気は襲ってこなかった。仕方がないので、退屈しのぎに聞きたくもない授業を聞いた。それでもやっぱり退屈なので、とりたくもないノートをとって、それでも時間が余ってしまうと、めったに挙げない手を挙げた。

「先生、ちょっといいですか」

「はい、山口くん、なんですか」

「黒板の文字が間違ってます。そこ、オーストリアじゃなくて、オーストラリア」

三日めの午後、社会の授業を受けているときのことだった。

「……奇跡が起きた」

隣の席で、岡野が、ぼそっとつぶやいた。


そんなこんなをしているうちに、自主トレの日がやってきた。土曜の夕方、おれは、おふくろに両手を合わせて、こういった。

「あしたは弁当よろしくね。あと、ハチミツ漬けのレモンも頼む」

誓っていうけど、そのとき、おれがしゃべったセリフはそれだけだ。弁当をふたつ作ってくれとか頼んだ覚えはまったくないし、健児も河原に連れていくとか、そんなことをいうわけがない。

なのに、なぜだかそうなった。

「行ってらっしゃい。仲よくね」

日曜の朝、おふくろはわざとらしいほどにこにこしながら、玄関先で手を振った。だまされたような気分になって、しぶしぶ家の外まで出ると、自転車のカゴに弁当を入れた健児がそこに立っていた。

「遊びに行くんじゃないんだぜ」

おれは健児に文句をいった。

「ぼくだって、別に行きたくないよ」

口をとがらせて、健児はいった。

「じゃ、なんで、いっしょにくるんだよ」

「おかあさんが行けっていった。おにいちゃんと仲直りするいいチャンスだから、行ってこいって」

「ほらみろ、バカだな」

「なにがバカだよ」

「おまえがしつこくシカトするから、こういうことになるって話。自業自得って、漢字で書ける？」

ごちゃごちゃいっているうちに、おれたちは土手に着いていた。待ち合わせ場所の目印にした大きな栗の木の下で、先にきていたでくちゃんがアキレスけんを伸ばしてた。

おれは健児にでくちゃんを、でくちゃんに健児を紹介した。

「へえ、山口の弟さん？　いわれてみると、似てるかも」

でくちゃんは、おれたちふたりを見比べながら、そういった。

「似てない、似てない」

山口健児と山口拓馬の声が、ダブった。

なんか、険悪なムードになった。健児は、ふん、と鼻を鳴らして、でくちゃんのほうに顔を向けると、趣味がどうとかこうとかいった、くだらないことを話しはじめた。おれは、むっつり黙りこくってラジオ体操第二をやると、上流にかかった鉄橋めざして、土手っぷちを走りはじめた。

鉄橋までの道のりは、一キロちょっとあったと思う。

「橋から向こうは砂利道だから、あそこに着いたら、ひきかえすんだ。で、続けて下流の橋まで行くと、三キロ走ったことになる」

追いかけてきたでくちゃんが、おれの隣でそういった。誘ってないのに、健児のやつまで自転車に乗ってついてきて、あっちへこっちへふらふらしながら、おれたちの横を走りはじめた。危なっかしい乗りかたしちゃって、センスないやつ、とおれは思った。思ったそばから自転車はぐらりと大きくよろめいて、わきの草むらにつっこんだ。

「大丈夫？」

でくちゃんが、あわてて健児に駆けよった。

「補助輪つけたら？」

追い抜きざまに、おれはクスクス笑ってやった。片足をついた健児のやつは、むっとしたように顔を上げると、頭にあったゴーグルをスチャッとおろして、両目にかぶせた。それから、草が挟まったままのペダルにふたたび足をかけ、ふらふらしながら追いついてきて、でくちゃんとおれの横に並んだ。

「パワーアップかなんかのつもり？」

おれはゴーグルのレンズにいった。

「これ、超時空ミラクルゴーグル。懸賞ハガキで当てたんだ。五万通の応募があって、十人にしか当たらなかった」

「その話なら前にも聞いた。しかも数字が違ってる」

「うるさいなぁ。ぼく、でくちゃんと話してんだよ」

　健児がいうと、

「あ、それ知ってる。チビッコスナックシリーズで当たるやつだよね。小さいころに、おれもほしくて応募したけど、当たらなかった」

　でくちゃんは、すごくうらやましそうにゴーグルを見て、そういった。

　それでふたりは、どうやらすっかり気が合っちゃったらしかった。ていうか、ゴーグル嫌いのおれがすっかり仲間外れになった。

「これ、かけるとね、目の前にある景色と違う景色が見える。アジア・アフリカ・ヨーロッパ・大気圏外・過去・未来。心のなかで念じるだけで、行きたいところへワープできんの。大切なのは想像力と、集中力と、信じる力。説明書にも、そう書いてある。あと、もうひとつはスピードね」

「え、スピードがあると、どうなるの？」

「ないときよりも遠くに行ける。ぼく、体が弱くて走れないから、今まで気づかなかったんだけど、そういうやりかた、あるっていうの、自転車に乗ってはじめて知った。超時空って、時間と空間ぶっちぎりって意味でしょう？　だから、じっとしているときよりワープしやすくなるんだ、きっと」

「あっそれ、なんか、わかる気がする。なんていったっけ？　スポーツカーのタイムマシンが出てくる映画、レンタルビデオで、こないだ見たよ」

盛り上がってるふたりの横で、わかってねぇなと、おれは思った。たかがお菓子の景品くらいで好きなところに行けるんだったら、タクシー会社も飛行機会社もとっくの昔に潰れてる。

「自転車がもっとうまくなったら、もっと遠くに行けると思う。ぼく、このミラクルゴーグルかけて、月まで行ったことがある」

おつむのいかれたゴーグル男がまじめくさってそういうと、それにつられてでくちゃんまでもが、まじめくさってうなずいた。そのあたりから、おれはガキどもの会話についていけなくなった。おまけに、右足の小指にできた、ふたつめのまめが腫れてきて、そっちに気をとられているうちに胸まで苦しくなってきた。どうやら、おれよりずっとまじめに練習してきたでくちゃんと、おなじペースでいこうとしたのがまずかったってことらしい。

上流の橋に着いた直後に、おれのスピードはがくんと落ちた。ほかのふたりは話をしながら、すいすい先へ行ってしまった。

「待ってくで」

いおうとしたけど、情けないので、がまんした。で、下流の橋に着いたときには、ひとりぼっちになっていた。

「ターイムッ」

ゼーハー息をしながら、ヤケクソ気味におれは叫んだ。でも、だれも聞いてはいなかったので、余計にむなしくなってしまった。重たい足を引きずりながら待ち合わせ場所に戻ってみると、靴下のなかでまめは潰れて、透明な汁を出していた。

橋の向こうに消えたきり、ふたりはなかなか戻らなかった。

だいぶしてから、でくちゃんだけが栗の木の下にやってきて、タオルで汗をふきながら、おれの隣に腰を下ろした。

「健児は？」

「ススキノ原にいる。オオカミがいるとかなんとかいって、ポケットからエサ出してたよ。おれ、観察つきあわされちゃった」

されちゃった、とかいってるわりに、でくちゃんの顔はにこにこしてた。あいつ、そんなことまだいってんだ。うんざりしながら、おれは思った。

「それで、でくちゃん、なんか見たわけ？」

「ううん、なんにもいなかった。オオカミ、人になついてないから、会うのが難しいんだって。もう少し待ってみるっていうんで、おれだけ先に戻ったの。健児くんって、かわいいやつだね」

「かわいくないよ、迷惑なだけ」

「え、そうかなぁ。おれんちなんてひとりっ子でしょ、弟がいたら楽しそうだし、あこがれる」

「知らないから、そう思うんだ。あいつ、頭がぶっこわれてんの。想像力が強すぎちゃって、現実がまるで見えないの」

「でも、想像するって、大事なことでしょ。こないだテレビで陸上やってて、ゲストで出てたオリンピックの選手の人が話してた。スポーツ選手も一流になると、体力ばかりに頼らないって。想像力や精神力を勝つための武器にしてるんだって。イメージ・トレーニングっていうの、たしか、その人いってたよ。心は目には見えないけれど、ちゃんと体とつながっていて、もっと速く、とか、もっと高く、とか、心で強くイメージすると、イメージどおりに体が動いて、実際にそれができるんだって」

「……へえ」

いいたいことが伝わらないので、なんか、つまらなくなってきた。おれはごろりと仰向けになって、腕枕をして、まぶたを閉じた。そんなことにはおかまいなしにテレビの話をしおえると、それに続けて、でくちゃんは自分の話をしはじめた。

「ほんというと、おれ、ハードルって、めちゃくちゃ苦手だったんだ。春に授業で習ったときも、ぜんぜん上手に走れなかった。だから、山口にフォームのこととか教えてもらえて、ラッキーだった。あのまま大会なんかに出たら、いい笑いものになってた、きっと」

「なんだ、じゃ、でくちゃん、もしかして、ほかの種目を希望してたの？」

「ううん。第一希望のところにハードルって書いたよ、ちゃんと」

「え？　だって得意じゃないんでしょ」

「得意じゃないから希望した。おれ、立候補も選手になるのも、生まれてはじめてだったから。どうせやるなら、難しいことに挑戦しようと思ってさ」

「ふうん」

なんだか、わかったような、わからないような気分になった。立候補っていうのは普通、自信があるからするもので、わざわざ自分の苦手なことをやるためにするものじゃない。そんなことをして恥をかくのは、どう考えてもバカバカしいし、挑戦なんて面倒なまね、おれは死んでもしたくない。

「でもさ、でくちゃん、いつからそんなに積極的になったわけ？　ほら、一年のとき、おなじクラスにいたころ、でくちゃん、おとなしくてさ。デブでく、なんてからかわれても、おどおどしちゃって、いじけてたでしょ」

「うん」

「それが、どうして立候補なの？　六年生になったから？」

「うん。それもあるけど、それだけじゃない」

でくちゃんは首をぷるぷる振った。

「わかった。それじゃ、思い出作り」

「それもあるけど、違うんだ。——山口、おれね」

聞きとりにくいぼそぼそ声が、そこで止まった。それで、しばらく口をつぐんで、続きのセリフを待ってみたけど、聞こえてきたのは正午をつげる工場のチャイムだけだった。

「でくちゃん？」

返事は返らなかった。あれ、と思って目をあけた。でも、隣にすわっていたはずのでくちゃんは、そこにいなかった。

「山口、こっち」

名前を呼ばれて、声がしたほうに顔を向けると、知らないうちに戻ってきていた山口健児とでくちゃんがいた。

「おれたち、昼めし食う前に、もうワンセット走ってみるけど、山口は?」

……なんでそんなに元気なんだよ、おまえらは。

それから、おれたち三人は、さっきとおなじコースをまわり、遊歩道にずらっと並んだベンチにすわって、お昼を食べた。かまわなくっていいっていうのに、そこでもやっぱり、でくちゃんは、おおぼらふきの山口健児に飽きもしないでつきあっていた。おかげで健児もすっかりしゃべり疲れて、電池が切れてしまったみたいだ。でくちゃんとおれが午後の練習メニューをこなして戻ってみると、ベンチで荷物の番をしながら、やつはぐっすり眠りこけていた。

「起きろよ、健児」

「いいよ、山口」

でくちゃんは笑ってそういうと、寝ぼけまなこの健児をおぶって、そのまま家まで運んでくれた。迎えに出てきたおふくろは、でくちゃんにお礼をいってから、健児を抱えて二階へ行くと、ベッドに寝かせて出ていった。

たぶん、そのとき、なにかの拍子に外れてしまったんだと思う。電気を消して、夕飯を食べに食堂へ行く少し前、おれはゴーグルがベッドの端に落ちているのに気がついた。

「まったく、もう」

とかなんとかいって、おれはゴーグルを手にとった。親切でしたわけじゃない。もしレンズでも踏みつぶしたら、こっちがケガをすると思って、拾ってやっただけなんだ。それがどうしてああなったのか、自分でもよくわからない。ひょっとすると、お菓子屋がしくんだインボウだったのかもしれない。

おれは、手にしたゴーグルを頭にぐぐっとはめてみた。健児が起きてこないかどうか、横目でこっそり確かめながら。次に体の向きを変え、雨戸の閉まった窓を見た。そこに映った自分を見ながら、またゴーグルに手をやって、昼間、健児がしていたみたいに目のところまでスチャッと下ろした。

「ぼく、これかけて月まで行った」

窓に向かって、いってみた。でも、二度めの奇跡は起こらなかった。暗闇は暗闇のままだった。

「アホくさ」

おれは肩をすくめて、窓に映った自分にいった。耳たぶが熱くなっていたのは、恥ずかしかったせいなんだ。

8

結局のところ、健児とおれは仲直りなんてしなかった。それでも、さすがに厳しくなったおふくろの目を意識して、健児はおれを完全に無視することをあきらめた。

なにか用があるときにかぎって、健児はもそもそ口を開いた。

「ぼくのシャーペン、銀色のやつ、どこかで見かけませんでした？」

向こうが敬語を使いやがるので、おれも敬語を使ってやった。

「シャーペンですか？　シャーペンねぇ、いや、まったく見かけませんでした。そういったものは、ご自分の机の上にあるのでは」

「探してみたけど、見つかりません」

「ああ、そこ、ぐちゃぐちゃですからね。雑誌やなんか、もう少し整理整頓なさったほうが、こういうときに、じたばたしなくてすむんじゃないかと思います」

「そんなの、余計なお世話です」

「お世話じゃなくて、アドバイスです」

「ぜったい、余計なお世話ですっ」

「どならなくても、聞こえます」

なんだかふざけた会話になった。試しにくすっと笑ってみたけど、健児はにこりともしなかった。かわいくないの、とおれは思った。

その週のはじめ、学校では、大会選手全員にマス目がいっぱいプリントしてある記録用紙が配られた。お昼休みには堀先生がストップウオッチを持ってきて、正しいタイムの測りかた、というのを説明してくれた。でくちゃんとおれは替わりばんこに合計三回コースを走り、いちばんよかったタイムの数字を記録用紙に書きこんだ。それが終わると、コースの上のハードルを全部どかしてしまい、ハードルなしで走ったときのタイムというのも測ってみた。

「大会に向けた練習も、きょうからいよいよ後半戦です。残りの期間も張り切ってトレーニングしてちょうだいね。それと、できたらタイムを折れ線グラフに直してみてください。数字を見るより、タイムの動きがはっきりと目で追えるから。ハードルなしのタイムのほうは、難しくいうとフラットタイム。今後の課題は、どうやって、そのフラットタイムに近づくか、よね」

先生がいった課題の意味は、つまりはこういうことなんだ。「ハードルなし」で走るのと、「ハードルあり」で走るのとでは、「ハードルあり」のタイムのほうが、どう頑張っても悪くなる。一台、一台、ハードルのバーをまたぎ越しているうちに、ふつうに走っているときみたいなスピードが出なくなるからだ。だから、むだな動きが多い人ほどバーのところでもたついて、「ハードルなし」と「ハードルあり」のタイムの差がでかくなる。バーを越すのが上手になって、普通に走っているのに近いスピードが出せる選手になると、その差がだんぜん縮まってくる。

家に戻ると、おれはさっそく折れ線グラフを作りはじめた。まず、縦軸に十分の一秒刻みの目盛りをつけて、横軸のほうに大会の日の前日までの日づけを入れる。目標になるフラットタイムは一回測れば十分なので、一本の赤い横線にして、端から端までひいておく。

自分でいうのもなんだけど、グラフは、けっこうきれいにできた。グラフを見つめてにんまりすると、おれは青いマーカーを手にとって、これからはじまる折れ線の最初の点を、ぽちんとつけた。

ノートの間に挟まっていた、見慣れないものに気がついたのは、記録用紙をリュックのなかにしまおうとしたときのことだった。あれ、と思って、つまんで出した。クリーム色の封筒だった。封を開けると、四つにたたんだ便箋とスナップ写真がそれぞれ一枚ずつ出てきた。

その便箋には、きれいな文字で、こんな文章が書かれてあった。

To　山口拓馬くん。

こんにちは。クラスでいつも会っていますが、木崎くんに目をつけられたので、こっそり手紙を書いてみました。このまえは、いきなり逃げて帰ってしまって、ごめんなさい。自分がなにかしたのかと思って、びっくりしちゃって、ああなりました。あのとき、わたすはずだったものは、手紙といっしょに入れておきます。

ハードルの練習、がんばってますね。いつもクールな山口くんが、なんだかすごくはりきっているので、クラスの女子のあいだでも、けっこう話題になっています。連合体育大会、わたしは撮影係で参加するので、参加できないみんなのぶんまで応援しようと思います。

P.S.

今度は、ちゃんとわらってる写真をとってみたいです。山口くんて、教室では、いつもむすっとしていて、こわいけど、わらうと、きっとかわいい顔になるんじゃないかな？　それじゃ、また。

From　原田さゆり

それだけだった。

おれは何度もその文章を読んでみた。ラブレターかな？　と思ってみたけど、ハートマークはついてなかった。で、なんとなくほっとして、スナップ写真に目をやった。原田さゆりは、学級委員の仕事をしている以外にも、卒業アルバム製作委員とかいうものをやっている。それで、学校行事のときにカメラでみんなを写すんだ。おれがレンズを向けられたのは、秋の遠足でのことだ。

「写してもいい？」

サファリパークで、バスに乗ってたときだった。窓ぎわの席でうとうとしてたら、原田にとつぜん起こされた。顔を上げると、一眼レフの高級そうなカメラが見えた。原田の家のおじさんは、たしかプロの動物写真家なんだ。

「笑って、笑って」

そういわれて、おれはピースサインをつきだした。でも目はぜんぜん笑ってなかった。寝起きで気分が悪かった。

「どうも、ありがと」

それでも原田は、撮影の後でいったと思う。おれはまともに返事もしないで、まぶたを閉じてしまったけれど。

写真のなかで、おれは、やっぱりピースサインを出していた。自分でいうのもいやになるほど、つまんなそうな顔だった。眠たい目をしたおれの後ろに、小さく写ったキリンまで、細長い首をくたっと曲げて、退屈そうにあくびをしてた。


次の日の朝、昇降口で原田さゆりをつかまえた。といっても、べつに原田がこそこそ逃げ回ってたわけじゃない。きちんとお礼をいおうと思って、おれが原田を待っていた。なのに、原田の姿を見たら、急に照れくさくなってしまった。

「おはよう」

原田は、おれに気づくと、おれより先にそういった。

「おはよう。あのさ」

「ん、なあに？」

「きょう、理科の実験、あったよね」

おれは、とっさに用意してきたセリフと違うセリフをいった。バカ、ありがとう、だろ、ありがとう。自分で自分にいいながら、ひとりであたふたしているうちに、また原田に先を越されてしまった。

「実験よりもテストのほうが、あたしは心配。山口くんは？」

「え、テストなんか、あったっけ」

「あったよ、たしか五時間め。難しいって、噂だよ。余裕なんだね、山口くんて」

「いや、そういうわけじゃないけど。おれって忘れっぽいからさ。はははは」

むりやり笑ったせいで、唇の端が引きつった。

「やだ、お腹痛いの？　山口くん」

心配そうに原田がいった。

そういうわけで、原田にお礼をいいそびれたまま、教室に行った。なにやってんだと思ったけど、でも気分はそんなに悪くなかった。おれは岡野に「よっ」とかいって、特等席に腰を下ろすと、鼻歌まじりにノートを広げて、始業のチャイムが鳴るのを待った。

事件は、その日の五時間め、国語のテストの終わりで起きた。

「はい、もう書くのはやめてください」

堀先生の声を合図に、後ろの席から前の席へと答案用紙が回っていった。

そのときだった。

「のろのろすんなよ」

木崎が谷田部に、そういった。

「いったい、なに考えてんの」

二度めの声は、でかかった。教室にいたみんなの視線が、ふたりの席に集まった。谷田部は木崎にどなられながら、黙りこくって、うつむいていた。

「どうかした？」

教卓にいた堀先生が、ふたりにいった。

「それだけのことしてるよ。あいつ」

「答案用紙、食ったんだって。いわゆる証拠インメツ、ね」

悪い噂は、いい噂より、回るのがすごく早いんだ。次の日になると、事件の噂は学年全部に広まっていて、主役になったふたりの名前が、そこいらじゅうで耳に入った。それから木崎は、ぷっつりと学校にこなくなってしまった。休み時間がくるたびに木崎のまわりに集まっていた、ほかのクラスの子分も、みんな、ぱったりと顔を見せなくなった。いちばん前の木崎の席は、空気みたいに無視された。プリントだらけの机のなかを片づける人も、いなかった。

木崎のいない教室に、谷田部はひとりでやってきた。あれだけ大きな事件のあとで教室のなかに入るのは、勇気がいったはずなのに、ずる休みなんてしなかった。行きも帰りも、休み時間も、谷田部はひとりで行動してた。クラスのみんなは、そんな谷田部をめずらしそうにじろじろと見た。そうなってみて、はじめて谷田部は木崎の子分じゃなくなった。もちろん、木崎の分身でも、つっかえ棒でもなくなった。

「とんでもないことしちゃったけど、おれ、あれでよかったと思うんだ。いいたいこともちゃんといえたし、悪いことしないですんだから。なんだか、気持ちがすっきりしちゃって、勉強も、すごくはかどってるよ」

塾のロビーで会ったとき、谷田部は笑って、おれに話した。おれは谷田部を励ますかわりに、こんなことをいってみた。

「もしよかったら、谷田部も少し、家のまわりとか走ってみなよ。毎日、毎日、勉強ばかりで、くさくさしたときなんかにさ。知ってる？　運動不足になると、頭の回転、鈍くなるんだ。なにかスポーツをやってたほうが、成績だって上がると思う。それに、トレーニングも習慣になると、あんがい楽にできるもんだよ。最初はだめでも、こつこつやってりゃ、体ができてくるっていうか」

山口拓馬はうそつきだけど、今の話は本当だ。体がきつくてつらかったのは、ほんの四日か五日だけ。まじめに練習しはじめてから一週間が過ぎたころには、息ぎれもあまりしなくなったし、筋肉痛もなくなった。だから努力は大切だって説教がしたいわけじゃない。いいたいのは、そう、木崎の姿がすっかり消えてしまったあとも、おれは、やっぱりジャージー姿で走ってたってことなんだ。

そうこうするまに、大会の日まで、あと一週間とちょっとになった。金曜の朝の食卓で、おふくろはおれにこういった。

「きょうの夕方、健児をつれて本屋に行こうと思うのよ。ほら、もうじき通学はじまるでしょう。あの子、勉強遅れ気味だし、こっちで使う教科書に合ったドリルを揃えてやりたいの。で、悪いんだけど、そのあいだだけ、お留守番してもらえない？　通販で買ったお味噌の樽がそろそろ届くはずだから」

「うん、まぁ、別に、かまわないけど」

その日は塾もなかったし、ほかに断る理由もないので、軽い気持ちで引き受けた。それで、いつもより少し早めに放課後練を終わらせて、おふくろたちの出発時間に間に合うように家に戻った。仕度をすませたおふくろは、車庫で車をみがいてた。なのに、肝心の健児のやつは、家のどこにもいなかった。

「あいつ、いったい、なにやってんの？」

「自転車に乗って出かけたみたい。本屋に行くって話してあるから、そろそろ戻ると思うけど」

「でも、もう出かける時間でしょ。おれ、そのへん、ちょっと見てくるよ」

しょうがねぇなと思いつつ、おれは、そういい残して外へ出た。

走っていったら、河原の土手には、ほんの一分くらいで着いた。たくさんの人でにぎわっていた日曜日とはうってかわって、ウイークデーの午後の河原は、不気味なくらいにしんとしていた。

「健児？」

何度か叫んでみたけど、だれも返事をしなかった。遊歩道にもススキノ原にも、おれの自転車は置いてなかった。河原のほかに、やつが行きそうな場所があるとは思えなかった。行き違いになったらなったで、引き返さないとまずかった。

おれは回れ右をして、今きた道を戻ろうとした。上流からの冷たい風が河原を縦に吹き抜けた。真下に広がるススキのむれが、右と左にぱっくり割れた。そのまん中に、くすんだ色の塊みたいなものがいた。人じゃないのは、すぐにわかった。でも、それがなにかは、わからなかった。倒れたススキが元に戻ると、塊はもう見えなくなった。

心臓が胸をドクンとついた。

いや、健児がいってたオオカミなんて、おれはちっとも信じてないし、信じたいとも思わない。だからかえって、確かめなくちゃいけないような気がしてたんだ。「オオカミみたいなノラ犬」が、実際にそこにいるのかどうか。

考えこんでるひまはなかった。おれは斜面を滑り下りると、背たけほどもあるススキの波を、両手でさくっとかきわけた。それから、ゆっくり前へ進んだ。一歩、二歩、三歩、四歩。しばらくすると、ススキの向こうに黒っぽいものが見えてきた。また何歩か進むと、色と形がいよいよはっきり見えてきた。灰色をした、その塊には、びっしりと毛が生えていた。ふさふさとした尻尾もあったし、とがった耳があるのも見えた。そいつはこっちに背中を向けて、地面に長く伸びていた。試しに指を鳴らしてみたけど、耳はぴくりともしなかった。

眠ってるんだ、とおれは思った。

で、また一歩、前に進んだ。それでもそいつが動かないので、最後の一歩を踏みだした。そこにいたのは、どこから見ても、やっぱりただの犬だった。ほらみろ、健児のおおぼらふきめ、と心のなかでつぶやきながら、おれはすっかり得意になって、もう一度、犬を見下ろした。

犬は、まぶたを閉じていた。

でも、眠っているのと、それは違った。

うっすら開いた口からは、でろりと舌が垂れていた。四本の足は、棒きれみたいに先のほうまでつっぱっていた。それは、たしかに、つい最近まで生きものだったはずだけど、いまは生きるのをやめていた。簡単にいうと、死んでいた。

さっきまでいた土手のあたりに、自転車の停まる音がした。続いて、だれかが斜面を下りて、こっちに走ってやってきた。おれは後ろを振り向いた。ススキがばさっとかきわけられて、白い綿毛がふわふわ飛んだ。健児が、そこに立っていた。

何分間か、おれたちは、ほとんどなにもしゃべらなかった。しゃべらなくても、しなくちゃならないことがあるのは、知っていた。家に戻ってわけを話すと、おふくろはすぐに受話器をとって、市の清掃局がやっている環境センターに電話した。二階に上がった健児とおれはクローゼットをごそごそ探り、衣装ケースにしまってあったシーツを一枚、引っぱりだした。

おれは健児が泣くと思った。ぐずで、とろくて、甘えん坊で、いやなことがあるとピーピー泣く。ガキって、そういうものだから。なのに、健児は泣いたりしなかった。最初に死骸を見たときも、ススキノ原にふたたび行って、シーツで死骸をくるんだときも。健児は唇をきゅっと結んで、しっかりと目を開けていた。おじけづいたりしていなかったし、動きも、とてもきびきびしてた。どうしてなんだか、そのときはまだ、おれにはさっぱりわからなかった。そのうち、環境センターのワゴン車が土手にやってきたので、健児とおれはシーツの端をそれぞれ持って、斜面をのぼった。

それで、ようやく、おれたちがしなくちゃならないことは終わった。死骸をのせたワゴン車が角を曲がって見えなくなると、緊張が解けて力が抜けた。とたんに、胸が苦しくなった。

「ウエ」

おかしな声が出た。おれは、その場にしゃがみこみ、きゅっとすぼんだのどを押さえて、すっぱい液をゲロゲロはいた。

「なにやってんの」

頭の上から、健児の言葉がふってきた。敬語は使っていなかった。ぶっきらぼうないいかただった。

「大丈夫だよ、死んでただけだよ。気持ち悪いこと、なんにもないよ。おにいちゃん、興味なさそうだから、ぼく、いままでずっと黙ってたけど、あいつ、年寄りみたいだったし、ここんとこ具合悪くてさ。エサも、そんなに食べてないのに、お腹がへんに膨れてた。だから、死んでもおかしくないんだ。そんなの、普通のことなんだ。生きてりゃ、そのうち死ぬっていうの、わかんないやつが、ビビるんだ。ぼく病院で、病気の人も、死にそうな人も、いっぱい見てる。そういうところに長くいたから、あんなの、ちっとも怖くない。ねぇ、人がばたばた死んじゃう映画、面白いんでしょ？　おにいちゃん。お子さま向けのSF映画は、くだらないんでしょ？　おにいちゃん」

最初は、小さな声だった。それがだんだん大きくなって、一気にべらべらまくしたてると、健児はつばを飲みこんだ。

「だったら、吐いたりするなよなっ」

最後のセリフが耳にささった。みっともなくて、情けなくって、死んでしまいたい気分になった。おれは吐き気をぐっとこらえて、ひざに手をあてて、よろよろ立った。ぱさぱさになった舌の奥から、言葉が自然とこぼれでた。

「わかった、ごめん。悪かった」

いってみてから、驚いた。年下のやつに謝るなんて、たぶん、生まれてはじめてだった。

「わかれば、いいよ」

まだ少しだけとがった口でそういうと、健児はくるりと背中を向けて、自転車を引いて歩きはじめた。

三度めに家に戻ったときには、とっぷりと日が暮れていた。

「本屋は、そのうち行ったらいいわ。今夜は早く寝なさい、ね」

しんみりしているふたりの息子に、おふくろはひどくやさしくいった。健児とおれは、いわれたとおり汚れた服をせっせと脱いで、かわりばんこにシャワーを浴びて、十時すぎにはベッドに入った。

疲れていたけど、その晩は胃がむかむかしていて眠れなかった。健児は健児で、いったんもぐったベッドを夜中に抜け出して、「シリーズ・宇宙　その三惑星」とかいうビデオを眺めてた。おれは眠ったふりをしながら、耳をすまして音だけ聞いた。何分かすると、健児の好きな火星の話がはじまった。

「――太陽系の惑星のなかで、火星は地球の隣にあって、それぞれ別の軌道の上をぐるぐると回りつづけています。ふたつの星は、おおよそ二年二ヵ月ごとに接近するため、わたしたちは肉眼で火星をとらえることができます」

閉じたまぶたの裏側に、ふたつの星が浮かび上がった。片ほうの星は青かった。これが地球だ、とおれは思った。もう片ほうは赤かった。これが火星だ、とおれは思った。ささやき声は、地球と火星が近くて遠い星だといった。似ているところと、違うところが、たくさんある星なんだといった。

「――これは、NASAの探査機がとらえた火星の大地の映像です。山と台地と平原があり、ときには火山も爆発します。地球にあって、火星にないもの。それは海と湖、そして川です。地面は、まるで砂漠のように、からからに乾ききっていて、風が吹くたびに、まっ赤な砂が嵐となって、吹き荒れます。水のない星、火星には、今、生きものの姿は見られません。地球を生きた星と呼ぶなら、火星は、まさしく死んだ星です。しかし、映像をよく見てみると、火星の山の谷間には、川の流れによく似た溝が走っているのがわかります。もし、その溝が、本当に川の流れの跡だとすると、火星にも、昔は地球のように、豊かな水と生きものたちが――」

そこから先は聞こえなかった。スイッチの切れる音がして、健児はベッドに戻っていった。
部屋のなかは、また静かになった。
まぶたの裏のふたつの星は、ちかちかと色を点滅させて、暗闇にのみこまれていった。
胃のむかむかが治まったので、おれは毛布をかぶりなおした。
ゴオゴオという砂嵐の音が、かすかに聞こえたような気がした。

10

それきり、健児はオオカミのことをひとことも口にしなかった。もちろん、あれがオオカミだなんて、おれは思っていなかったけど、いまさらいってもはじまらないので、放っておくことにした。

二度めの自主トレ参加の日、健児は河原にこなかった。そのころ家は、復学のための準備のせいで、ばたばたしてた。おふくろは、毎日のように健児を連れて街へ行き、学用品だの洋服だのを両手にいっぱいさげて帰った。クローゼットは、おかげでますます窮屈になってしまったけれど、予習をはじめた健児の机は、前よりいくらかきれいになった。おれは自分の机のなかから、もらいっぱなしで使わなかった去年の塾のドリルを出して、健児の机に並べておいた。

「健児がね、塾の計算ドリル、使いやすいって喜んでたわよ」

何日かして、おふくろがこっそりおれに教えてくれた。

「当たり前でしょ。使いやすいやつ、わざわざ選んでやったんだから」

宇宙一へそのまがった男、山口拓馬はすましていった。


十月最後の一週間は、そんな具合にどんどん過ぎた。木曜の朝には、体育館に生徒全員が集められ、大会出場選手のための激励会が開かれた。おれたち選手は、ステージの上で二列に並んで立ったまま、自分の名前を読みあげられると「はい」といって手を挙げた。おれは前の列、でくちゃんは後ろの列に立っていた。だから、そのとき、でくちゃんのことを、おれはぜんぜん見ていなかった。

覚えているのは、おれの名前が読みあげられる直前に、ドタッという音がして、ステージが揺れたことぐらい。で、はっとして後ろを向いたら、そこにでくちゃんが倒れてた。両隣にいたふたりの選手が、顔を見合わせてぽかんとしてた。気絶したのかと思ったおれは、急いで様子を見に行った。貧血だったら青いはずだけど、でくちゃんの顔は赤かった。

鼓笛隊の演奏がやんだ。

「ぶっ倒れたぞ」

「インフルエンザ？」

ステージの上と下とで、ほとんど同時に声があがった。女子のひとりがでくちゃんのベルトを緩めてやっているまに、先生たちがどやどやときて、でくちゃんを助け起こそうとした。でも、でくちゃんはぐったりしていて、でかくて、そのうえ、重かった。でくちゃんを肩に担ごうとした先生の足がよろめくと、ギャグマンガでも見ているみたいに、生徒がくすくす笑いはじめた。ステージの下で見ていたら、おれだって、きっと笑うと思う。倒れたやつが自分の知らない人間だったら、なおさらそうだ。ところが、それじゃ、すまなくなった。ぐったりしているでくちゃんを見て、くすくす笑った人間のなかに、おとなが混じっていたからだ。

教わったことが一度もないから、そいつの名前を、おれは知らない。今年の春に赴任してきた、若い男の先生だ。そのとき、そいつは一年生の集団の側についていた。ステージの下の先生たちは、両手を上げたり振ったりしながら、騒ぐ生徒をたしなめて、列の乱れを直してた。なのに、そいつは、自分が立った場所から一歩も動かなかった。なんにもしないで、生徒といっしょに大口を開けて、笑ってた。

笑いやがった。

そいつのことを見下ろしながら、おれは思った。首から上がカーッとなって、目の前が白くなってきた。なにもそこまでしなくったっていいことなんだ、本当は。だって、笑われたのはおれじゃあなくて、あかの他人のでくちゃんなんだ。それでも、おれは、そいつの態度にどうにもがまんができなくなった。先生たちに抱きかかえられてステージを下りるでくちゃんと、力いっぱい手足を振ってコースを走るでくちゃんと、ふたりで走った河原の景色と、とにかく、なんでもかんでもが、まるで合成写真みたいに、黒目の上に重なった。

「笑いやがった！」

気づいたときには、そいつに向かって、叫んでた。いつもだったら、思っただけで、けっして口にはしないのに。でくちゃんのほうに集まっていた視線が全部こっちを向いた。平気だ、ぜんぜん怖くない。心に強くいい聞かせると、おれはステージを駆け下りて、そいつのところに走っていった。暴力なんてふるわないから、心配してくれなくていい。おれは、もともと平和が好きだし、核戦争にも反対してる。

だから、そいつに、こういった。

「なにがそんなにおかしいんだよ。人の不幸をへらへら笑うな。黙って自分の仕事しろっ」

いってやったら、すっとした。あとはどうでもよくなった。そいつは口をぱくぱくさせて、なにかいおうとしてたけど、バカなおとなの言い訳なんかに耳を貸してるひまはなかった。おれは体の向きを変えると、でくちゃんのあとを追いかけた。体育館から保健室まで、走って、あとを追いかけた。

その日のうちに、でくちゃんは近くの総合病院に行き、太い注射を一本うたれて、そのまま家に帰された。

「大丈夫。ただのカゼだって。インフルエンザじゃないってさ」

夜になって、でくちゃんはうちに電話をよこして、そういった。

「なんだか注射が効いたみたいで、今は熱も、もうそんなにないんだ。ぶっ倒れたのは、人前に出てあがっちゃってたからだと思う。あ、でも、明日と明後日《あさって》は学校に行くの、やめとくね。もし、山口にカゼうつしたらたいへんなことになっちゃうし、大会までには体を治して、レースでしっかり走りたいから」

鼻がちょっぴりつまっていたけど、でくちゃんはとても明るくいった。

「わかった。それじゃ、お大事に」

それだけいって受話器を置くと、次の日、おれはたったひとりでコースに行って、練習をした。

木崎とばったり出くわしたのは、その日の午後のことだった。校舎の壁の時計の針が三時を少し回ったあたり。コースを十回走りおわって、体が熱くなってきたので、おれはジャージーの上だけ脱いで、鉄棒にかけに行ったんだ。そしたら木崎が、鉄棒の脇の茂みの向こうを通りかかった。たぶん、机にたまったプリントを取りにきたんじゃないかと思う。ついでにいうと、木崎の顔にはでっかいガーゼが貼りついていた。鼻の骨が折れたとかいう噂は、本当だったみたいだ。

木崎とおれは、鉄棒のあっちとこっちで動きを止めた。しばらく、どっちも黙っていたけど、とうとう木崎が口を開いた。

「つまんないことで、張り切っちゃって」

嫌味ったらしい、いいかただった。

「つまんないのは、おまえのほうだろ」

おれも負けずに反撃に出た。

「なにそれ」

「だから、つまんないのは自分の責任だってこと。つまんないやつは、なにやったってつまんないんだよ。意味、わかる？」

おれは、おやじにいわれたことを思いだしながら、いってみた。やってもできない木崎の気持ちは、今でも理解ができないけれど、おやじに一発ガツンとやられた息子の気持ちは、わかるから。

「そんなの、知るかよ」

木崎はフンとせせら笑って、そっぽを向いた。そのまま、片足を引きずるように、ひょこひょこしながら歩きはじめた。こっちがまねしてそっぽを向けば、それで話は、お終いだった。けれども、おれは、そっぽを向かずに、木崎に向かって、こういった。

「あのさぁ木崎。することないなら、こっちきて、タイム測ってくれない？　きょう、パートナーが休みでさ。困ってたところなんだよね」

ふてくされながら、それでも木崎はタイムをちゃんと測ってくれた。そのお返しに、おれは木崎をやつの家まで送ってやった。谷田部みたいに、つっかえ棒をしてやるつもりはなかったけれど、リュックぐらいは持ってやってもいいなと思って、やってみた。

おれたちふたりは、木崎の家の大きな門の前で別れた。

「お前、来週、学校くるの？」

最後の最後に尋ねてみると、なんにもいわずに、にいっと笑って、木崎は、ひらひら手を振った。


コースを使った練習は、結局、その日が最後になった。土曜の朝から、本格的な大会準備がはじまると、下級生は草むしり班と石拾い班に分かれて動き、上級生は入退場門と校舎の飾りつけをした。競技用のハードルコースは、練習用のものとは別に、トラックの直線コースの上に重なるように作られた。スタート地点は、来賓のための白いテントがあるあたり。そこから、うちの学校の応援席の前を通って、その先にある退場門を右手に見ながらゴールする。

「これ、悪いけど、体操服に糸でしっかりつけといて」

準備が終わって家に戻ると、おれは、おふくろにゼッケンを二枚渡して、そういった。そのあと自分の部屋に行き、大きく息を吸いこんでから、先に二階へ上がってきていた健児に声をかけてみた。

「河原、行くけど」

「行ってらっしゃい」

健児はドリルをやっていた。

「そうじゃなくって、いっしょに行かない？」

勇気を出して、いってみた。そしたら健児は、驚いたように首をひねって、こっちを向いた。おれは健児の胸元めがけて、自転車のカギを放ってやった。

それからまもなく、おれたちは揃って午後の河原に着いた。上流にある橋に向かって山口拓馬がスタートすると、自転車に乗った山口健児も横に並んで走りはじめた。

「大会って、もう明日なんだね」

おれの隣で健児がいった。

「でくちゃんが前にいってたよ。おにいちゃんは速いから、八位入賞は絶対だって。メダリスト候補なんだって」

「おおげさなんだよ、でくちゃんは」

謙遜じゃなくて、まじめにいった。なのに健児は、おれの話をまるきり無視して、こういった。

「ぼくも一度だけ見たことあるよ。四年か五年くらい前、おにいちゃんが小学校の運動会で走ったの。リレーの選手でアンカーやって、三位でバトン貰ってさ、最後の直線コースのところでふたりも抜いて、一位になった」

「なんでそんなの知ってんの」

「だって、こっちにきてたから。たまにはうちに泊まりなさいって、おかあさんが迎えにきてさ。でも、おにいちゃんには会ってないんだ。そのあと、すぐにぜんそくの発作が出ちゃって、それで、さっさと静岡の家に戻された。だから、そこしか見てないの。おにいちゃん、すごく速かった――覚えてない?」

そういわれても、ぜんぜんピンとこなかった。リレーの選手に二回か三回、選ばれたのは事実だけれど、レースの中身がどうとかこうとか、細かいことは覚えていない。それに、速かったっていうのも、実力なんかじゃなかったはずだ。あのころはおれもガキだったたから、選ばれたことがうれしくて、へんに鼻息荒くしちゃって、飛ばしまくってただけなんだ。だから、そんなに期待されても困るんだよな、とおれは思った。でも、そのことをいいだす前に、健児がぽつりとつぶやいた。

「人間ってさ、忘れることの得意な生きものなんだって。本気を出さずに、サボっていると、本気の出しかた忘れちゃうって」

「それ、だれがいったの。なんとかバーグ？」

「ううん。今のも、でくちゃんに聞いた。サッカークラブをやめるとき、コーチの人にいわれたみたい。でくちゃんね、小さいころからサッカークラブに入ってたのに、下手くそだから、いつも補欠で、つまんなくなってやめたんだ。どうせ補欠だ、みたいな気持ちで、練習サボってばっかりで、逃げるみたいにやめちゃったって、でくちゃん、自分でいってたよ。だからコーチにそういわれたあと、なんだかすごく落ちこんじゃって、夏休みじゅう悩んで悩んで、それで決心したみたい」

「決心したって、なんのこと」

「自分で自分を変えること。変わりたいって、でくちゃん、いってた。今の自分は好きじゃないって。このまま中学に進んでも、いいことなんてない気がするって」

そこまで健児がいったところで、上流の橋のたもとについた。おれたちはすぐにUターンをして、下流に向かって走りはじめた。

「みんな、そうだと思うんだよね」

話の続きを健児がいった。

「自分のいやなところとか、少しずつでもなくしてさ、なりたい自分に近づきたいって、そういう気持ち、あるじゃない」

「べつに、ないけど。おれの場合は」

「じゃあ、おにいちゃんが特別なんだ。普通は、みんな思ってる。変わりたいって思ってる。変われないのは、その人が本気で思ってないからなんだ。本気で思えば変えられる。ぼくも本気で思ってたもん。静岡の家にいたときだって、入院してたときだって、もっと元気に、もっと丈夫にならなくちゃって思ってた。そしたら、ほんとにそうなった。ほら、ぼく元気になったでしょ」

「たまたま薬が効いたの、それは」

「ね、いいこと教えてあげようか」

「人の話を聞けって、おい」

いってみたけど、むだだった。

「ぼくね、今でも思ってるんだ。今よりもっと元気になって、自転車だって、もっと上手に乗れるようになろうって。それで、いつかは自分の足で地面を蹴って走るんだ。本気になったら、ぼく、マラソンの選手にだってなれるよ、きっと」

そういいながら、健児はペダルをぐんぐんと強く踏みこんだ。うつむき加減に走っていたから、それまで気づかなかったけど、いつのまにか健児の目には、ゴーグルがかぶせられていた。

「ほら見て、速い」

健児はいって、おれの目の前におどりでた。

「よそ見するなよ、危ないぞ」

おれは健児の背中にいった。いったときには、もう遅かった。自転車の前のタイヤのゴムがコンクリートの塊みたいなものを弾いて、がくんと揺れた。つっぱっていた健児の腕が、ハンドルといっしょに左に曲がった。右ならよかった。草むらだから。でも、左には土手の斜面があった。

自転車は急な斜面の上から下まで、滑っていった。バランスはすごく悪かった。ふらふらしてたし、がくがくしてた。倒れる直前、大きくねじれたハンドルから手をぱっと離すと、健児はバンザイをした格好で、地面に叩きつけられた。

砂煙がもわんと上がった。

あわてて側に駆けつけたとき、健児は潰れたカエルみたいに、べったりとうつ伏せになっていた。カゴのひしゃげた自転車は横倒しになったまま、後ろのタイヤを回しつづけて、カラカラと音をたてていた。

「生きてるか？」

声をかけたら、健児はこくんとうなずいた。ちぎれた草と、ほこりと砂が、服のあちこちについていた。おれは健児を立ち上がらせて、汚れをぱんぱんはらってやった。ケガはしていないようだったけど、顔を近づけてよく見てみると、ゴーグルの右のレンズの端に、ひびが一本、入ってた。

「バカだな、おまえ、痛かっただろ」

おれは健児をひじで小突いた。ケンカを売ったわけじゃない。安心したから、ふざけてやった。

だから、健児も笑っていった。

「痛かったけど、気持ちよかった。見てたでしょ？　ぼく、飛んじゃった。今までいちばん遠くに飛べた」

おれの肩に手をかけたまま、健児はぱちぱちまばたきをした。ふたつの目玉が、レンズの奥で星よりも強くチカッと光った。

11

なにはともあれ、また夜が明けて、大会の日がやってきた。その朝、おれはいつものように六時ぴったりに目を覚まし、胸と背中にゼッケンをつけた体操着を着て、家を出た。小学校に到着したのは七時四十五分ごろ。でくちゃんに会ってほっとしたのが、それからだいたい十分後。八時を過ぎると、送迎バスが列を連ねてやってきて、他校の選手が次々と正門前に姿を見せた。

放送席のマイクにつないだスピーカーから、声が流れた。

「これより、第三十五回連合体育大会の選手入場、入場行進、および開会式をはじめます。選手のみなさん、すみやかに入場門に集合しましょう」

まもなく花火が続けて二回、打ち上げられる音がして、行進曲のトランペットが秋晴れの空に響きわたった。

ドキドキしているひまもないほど、時間がたつのは早かった。

開会式が終了すると、個人走の部の選手たちはトラックの上にそのまま残って、予選レースに参加した。午後からはじまる本選は、予選のタイムがよかった順に六人ずつのグループを作って競い合うことになっている。八十メートルハードルの選手は全部で十八名。だから予選後、A、B、Cの三グループに分けられる。

ハードルの予選レースは、個人走の部の種目のいちばん最後にあった。結果は、おれがAグループで、でくちゃんがBグループだった。

「山口くん」

応援席でお昼ごはんを食べているとき、撮影係の原田さゆりがおれのところにやってきた。肩までの髪をひとつにまとめて、腕章をつけた原田の首には、でっかい望遠レンズがついたカメラのひもがかけられていた。

「すごいね、予選、ぶっちぎりのトップじゃなかった？　もしかして」

ひとごとなのに、にこにこしながら、興奮ぎみに原田はいった。

「たいしたことない。予選のときって、みんな本気で走らないから」

うれしいくせに、それでもやっぱり、山口拓馬はクールにいった。

「じゃあ本選も、頑張って」

「ん」

「あたし、応援してるから」

「ん」

「写真、撮ってもかまわない？」

「ん。でも、フラッシュは、やめといて」

「わかった。あとね、関係ないけど、このまえ、すごくカッコよかった。ほら、体育館で、どなったの。あの先生ね、あたしも嫌い」

嫌い、のところを、ほかよりずっと大きな声でいいきると、原田はくるりと後ろを向いて、自分の席に戻ろうとした。でも、またすぐに体の向きを百八十度回転させて、ひそひそ話をするときみたいに、おれの耳もとにささやきかけた。

「――もうひとつだけ、聞いてもいいかな」

「なに？」

「それ、いったい、どうしたの？」

そういいながら、原田はおれの頭にちらりと目をやった。

「ああ、これ」

おれは、原田の視線を感じたあたりに手をやって、そこにのってる、トンボの化けものみたいなレンズを指でつついた。

「おれの弟の宝物なんだ。縁起担いで借りてきた。これ、ただのゴーグルみたいだけど、でも、ただのゴーグルじゃないんだぜ。その名も、超時空ミラクルゴーグル。行きたいとこならどこでも行ける」

「どこでも行ける？」

首をかしげた原田の髪が、ぶらんと揺れた。

ピリピリッ。

本選開始を告げるホイッスルの音がして、応援席からトラックへ選手がぞろぞろ動きはじめた。

「山口」

先にトラックに出たでくちゃんが、おれの名前を呼んだ。

「いま、行く」

おれは弁当箱を片づけながら答えると、きょとんとしている原田に向かって、思いきり声をひそめて、いった。

「……だれにもいわない？」

きょとんとしたまま、原田はちいさくうなずいた。

「きのう、火星に行ったんだ」

そういったときの山口拓馬は、もうそれ以上はないってくらい、きまっていたんじゃないかと思う。

「弟のやつ、このゴーグルかけて、自転車に乗って、火星に行ったの。着陸したとき、岩にぶつけて、できたひびがこれ。ほんとだぜ」

それから何度か、ピストルの音が煙をたてて空にのぼった。五十メートル走、百メートル走と、本選レースが進むにつれて、応援席から上がる声にも熱っぽいものが混じりはじめた。おれたち男子ハードル選手はCグループを先頭にして、スタートラインの少し手前に整列したまま腰を下ろした。ふりあてられたコースは、でくちゃんが五コースで、おれは三コース。まだまだ気持ちに余裕があった予選のときとはまるでちがって、本選前の選手のまわりの空気はかたくこわばっていた。

やがて、女子の七十メートルハードルのレースが終わり、八十メートルハードル用にハードルが並べかえられた。

「男子八十メートルハードル、本選レースがはじまります」

スピーカーから声が流れた。Cグループの六人は、スタートラインに両手をつくと、あっというまにゴールした。Bグループの六人が、それを合図に腰を浮かせた。ゼッケンをつけた六つの背中がコースの上に並んで立った。

「頑張れよ、でく」

うちの学校の応援席で、だれかがいった。ひときわでかいでくちゃんの足が、ズザッと地面をひっかいた。

「位置について——用意」

……パンッ。

ピストルの音が鋭く鳴った。ものすごくいいスタートだった。でくちゃんも、ほかの五人の選手も、第一ハードル、第二ハードルをほとんど同時にまたいでいった。だれもスピードを緩めなかったし、だれもハードルを倒さなかった。そのまま六人全員の後ろ姿が小さくなって、ゴールに張られた白いテープが係員の手から離れた。

歓声がさらに大きくなった。

選手の体はゴールを過ぎて、何メートルか行ったところで、スピードを下げて、やっと止まった。一位の選手が天に向かって、拳を高く突き上げた。腰のところに巻きついたまま、ゴールテープがひらひら舞った。

でくちゃんだった。

うちの学校の応援席から、声が上がった。

「入賞確実！」

「でくちゃん、やった」

声だけじゃなくて拍手も起きた。何度も拳を突き上げながら、でくちゃんは口を大きく開けた。曇りはじめた空を仰いで、深呼吸をして、いきなり吠えた。

「でくじゃないっ」

ざわめきのなかで、たしかにおれはそう聞いた。びっくりするほど太くて低い、猛獣みたいな声だった。

「でくじゃないんだっ。違うんだっ。おれの名前は中上まもるっ。これから先も、死ぬまでずっと中上まもるだ。覚えとけっ」

怒ってなんかいなかった。そういったときのでくちゃん、じゃない、中上まもるは、顔いっぱいに勝利の笑みをたたえてた。応援席のやつらは、みんな、いったいなにが起きているのかわからないという表情のまま、つられて拳を突き上げた。

「覚えとけぇっ」

叫びつづける中上まもるの体から、進行係の生徒ふたりが素早くテープをまきとった。ふたたびゴールにテープが張られて、拍手がいっときまばらになると、おれはゴーグルを目のところまでスチャッと下ろして、前に進んだ。

Aグループの六人が、スタートラインに並んで立った。

「位置について」

おれは両手とひざの片ほうを地面についた。

「用意」

おしりを静かに上げて、それから、ゆっくり首を起こした。

まっすぐにのびるコースの上を、そのとき、なにかが横ぎった。左手に赤いバトンを持った、小さな、やせたガキだった。体操服に白の短パン。おろしたてのスポーツシューズ。ひょろりと伸びた細い足。寝ぐせがついた、ぼさぼさ頭。たすきを肩からかけているのは、たぶん、リレーのアンカーだから。動きがちょっぴりぎごちないのは、そいつがまだほんのお子さまだから。それでも大きく手足を振って、そいつは、必死に走ってた。どうしてそんなにむきになるのか、わけを聞きたくなるくらい、すべての力を出しきるように、弾丸みたいに走ってた。

ハチマキをしたそいつの顔は、山口健児によく似てた。

甘ったるくて、ぽやんとしていて、どこかまぬけなガキの顔。

でも、走っていたのは、やつじゃない。誇らしそうに反った胸には、フェルトペンで、こう書かれてあった。

二年一組　山口　たくま

おれは、まばたきをひとつした。幻は消えてなくなった。鼻がすーっと冷たくなった。ふたつの穴の奥のほうから、水っぽいものがしみだしてきた。すすってみたら、血の味がした。

パンッ。

ピストルの音が空に弾けた。おれを含めた六人のハードル選手が、いっせいに前へ向かって飛び出した。

ざわめきが急に遠のいた。

あたりはしんと静まりかえり、固い地面を蹴りつけている、おれの足音だけがした。

おれは走った。

ナイフのように、ひじで空気を切り裂きながら、爪先で砂を蹴散らしながら、胸をぐんぐん突き出した。ほかの選手のことなんて、おれの目にはもう入らなかった。山口拓馬は、山口拓馬のことしか気にしていなかった。

ときどき、おれは思うんだ。

なんでもできる人間が、この世でいちばん幸せだとはかぎらないんじゃないかって。なんでもできるということは、やりたいことができるというのと似ているようで、ぜんぜん違う種類のものじゃないかって。たとえば、両手にあり余るほどお金を持たせてもらっても、買いたいものがなにもなければ意味がないのとおんなじで、なにをやってもいいといわれて、実際なんでもできたとしても、やりたいことがなにもなければ、そんなの、やっぱり意味がない。わかっていたけど、わかっていないふりをしながら生きてきた。心にぴっちりふたをして、死んだふりして生きてきた。なぜって、それは自分にとって都合のよくないことだから。自分に都合のよくないことは、無視したほうが楽だから。

ハードルのバーが近づいた。

おれはかかとに力をこめて、振り上げた足をぴんと伸ばして、そのまま前に突っこんだ。

景色が左右にとけて流れた。

バーから足を抜きさると、おれは素早く着地して、次のバーに向かって走りはじめた。

踏み切り、着地。

踏み切り、着地。

踏み切り、着地。

踏み切り、着地。

おれはリズムをつかまえた。勢いに乗って加速した。熱でとろけたチーズみたいに、時間がぬーっとのびた気がした。

――想像するんだ。

健児の声が、頭のなかでこだました。

――大切なのは、想像力と、集中力と、信じる力。

おれの記憶が違ってなければ、そのセリフには続きがあった。想像力と、集中力と、信じる力と、そしてスピード。

鼻血がひとすじ、頬をつたって耳の後ろに流れていった。

生温かいレバーの味が口いっぱいに広がった。

でも、気持ち悪いとは思わなかった。みっともないとも思わなかった。生きているんだ、とおれは思った。山口拓馬は、生きている。

向かい風が吹いてきた。空気がうねって、地面が揺れた。

ゴオオオオッと世界が叫んだ。

ウオオオオオッと、おれは叫んだ。

砂漠色をした校庭がじゅうたんみたいにめくれると、コースのまわりの景色が全部、おれの後ろにふっ飛んだ。

……オオオオオッ。

ひびが入ったレンズの奥で、おれは両目をかっと開いた。めくれ上がった景色の下から現れたのは森だった。まっ黒い土と、草の茂みと、背の高い木がおれを囲んだ。アサガオみたいな植物のつるがにょきにょきと長い腕を伸ばして、地面をすっかり覆いつくすと、ハードルのバーに絡まった。

なんだか、わけがわからないけど、ものすごいことになってきた。派手にプハッと噴きだしたいほど、愉快な気分になってきた。おれは思いきりにかにか笑って、緑の森をつっきった。走りつづける手足の先に小枝が当たってピシピシいった。

「山口、行けえっ」

森の向こうで、中上まもるが叫んでた。

「山口くん！」

堀先生と原田の声がダブって聞こえた。


ゴールテープが白く光った。


おれは最終ハードルをバーすれすれにクリアして、一気にラストスパートをかけた。呼吸はぜんぜん乱れなかった。手足は不思議と軽かった。もう止まらずに、どこまでだって走っていけるような気がした。

信じられるか？

山口拓馬は、自分自身に向かっていった。

信じられるか？　山口拓馬。悪いけど、いま、おれは本気だ。

本書は一九九九年六月、小社より刊行されました。

|著者| 笹生陽子　東京都生まれ。慶應義塾大学文学部卒。1995年「ジャンボ・ジェットの飛ぶ街で」で講談社児童文学新人賞の佳作を受賞。'97年『ぼくらのサイテーの夏』（講談社文庫）で第30回日本児童文学者協会新人賞、第26回児童文芸新人賞を受賞。2003年『楽園のつくりかた』（角川文庫）で第50回産経児童出版文化賞を受賞。そのほか主な著書に『今夜も宇宙の片隅で』（講談社）、『家元探偵マスノくん』（ポプラ社）、『空色バトン』（文春文庫）など。

きのう、火星《かせい》に行《い》った。

笹生陽子《さそうようこ》

2005年３月15日第１刷発行
2021年４月19日第10刷発行

発行者——鈴木章一
発行所——株式会社　講談社
東京都文京区音羽2-12-21　〒112-8001
電話　出版（03）5395-3510
　　　販売（03）5395-5817
　　　業務（03）5395-3615

Printed in Japan

講談社文庫
定価はカバーに
表示してあります

デザイン—菊地信義
本文データ制作—講談社デジタル製作
印刷———豊国印刷株式会社
製本———株式会社国宝社

ISBN4-06-275022-8

講談社文庫刊行の辞

二十一世紀の到来を目睫に望みながら、われわれはいま、人類史上かつて例を見ない巨大な転換期をむかえようとしている。

世界も、日本も、激動の予兆に対する期待とおののきを内に蔵して、未知の時代に歩み入ろうとしている。このときにあたり、創業の人野間清治の「ナショナル・エデュケイター」への志を現代に甦らせようと意図して、われわれはここに古今の文芸作品はいうまでもなく、ひろく人文・社会・自然の諸科学から東西の名著を網羅する、新しい綜合文庫の発刊を決意した。

激動の転換期はまた断絶の時代である。われわれは戦後二十五年間の出版文化のありかたへの深い反省をこめて、この断絶の時代にあえて人間的な持続を求めようとする。いたずらに浮薄な商業主義のあだ花を追い求めることなく、長期にわたって良書に生命をあたえようとつとめるところにしか、今後の出版文化の真の繁栄はあり得ないと信じるからである。

同時にわれわれはこの綜合文庫の刊行を通じて、人文・社会・自然の諸科学が、結局人間の学にほかならないことを立証しようと願っている。かつて知識とは、「汝自身を知る」ことにつきていた。現代社会の瑣末な情報の氾濫のなかから、力強い知識の源泉を掘り起し、技術文明のただなかに、生きた人間の姿を復活させること。それこそわれわれの切なる希求である。

われわれは権威に盲従せず、俗流に媚びることなく、渾然一体となって日本の「草の根」をかたちづくる若く新しい世代の人々に、心をこめてこの新しい綜合文庫をおくり届けたい。それは知識の泉であるとともに感受性のふるさとであり、もっとも有機的に組織され、社会に開かれた万人のための大学をめざしている。大方の支援と協力を衷心より切望してやまない。

一九七一年七月

野間省一

講談社文庫　目録

木原《このはら》音瀬《なりせ》　箱の中
木原音瀬　美しいこと
木原音瀬　秘密
木原音瀬　嫌な奴
木原音瀬　罪の名前
近藤史恵　私の命はあなたの命より軽い
小泉凡　怪談四代記〈八雲のいたずら〉
小松エメル　夢の燈影《ほかげ》〈新選組無名録〉
小松エメル　総司の夢
小島環　原作 あなしん　脚本 おかざきさとこ　小説 春待つ僕ら
呉勝浩　道徳の時間
呉勝浩　ロスト
呉勝浩　蜃気楼の犬
呉勝浩　白い衝動
こだま　夫のちんぽが入らない
こだま　ここは、おしまいの地
講談社校閲部　〈熟練校閲者が教える〉間違えやすい日本語実例集
佐藤さとる　〈コロボックル物語①〉だれも知らない小さな国
佐藤さとる　〈コロボックル物語②〉豆つぶほどの小さないぬ
佐藤さとる　〈コロボックル物語③〉星からおちた小さなひと
佐藤さとる　〈コロボックル物語④〉ふしぎな目をした男の子
佐藤さとる　〈コロボックル物語⑤〉小さな国のつづきの話
佐藤さとる　〈コロボックル物語⑥〉コロボックルむかしむかし
佐藤さとる　天狗童子
佐藤さとる　絵／村上勉　わんぱく天国
佐藤愛子　新装版 戦いすんで日が暮れて
佐木隆三　慟哭〈小説・林郁夫裁判〉
佐木隆三　身分帳
佐高信　石原莞爾その虚飾
佐高信　わたしを変えた百冊の本
佐高信　新装版 逆命利君
佐藤雅美　恵比寿屋喜兵衛手控え
佐藤雅美　隼小僧異聞〈物書同心居眠り紋蔵〉
佐藤雅美　密約〈物書同心居眠り紋蔵〉
佐藤雅美　老博奕打ち〈物書同心居眠り紋蔵〉
佐藤雅美　向井帯刀の発心〈物書同心居眠り紋蔵〉
佐藤雅美　一心斎不覚の筆禍〈物書同心居眠り紋蔵〉
佐藤雅美　魔物が棲む町〈物書同心居眠り紋蔵〉
佐藤雅美　ちよの負けん気、実の父親〈物書同心居眠り紋蔵〉
佐藤雅美　へこたれない人〈物書同心居眠り紋蔵〉
佐藤雅美　わけあり師匠事《こと》の顛末〈物書同心居眠り紋蔵〉
佐藤雅美　御奉行の頭の火照《ほて》り〈物書同心居眠り紋蔵〉
佐藤雅美　江戸繁昌記〈寺門静軒無聊伝〉
佐藤雅美　青雲遙かに〈大内俊助の生涯〉
佐藤雅美　悪足掻《あが》きの跡始末 厄介弥三郎
酒井順子　負け犬の遠吠え
酒井順子　金閣寺の燃やし方
酒井順子　気付くのが遅すぎて、
酒井順子　朝からスキャンダル
酒井順子　忘れる女、忘れられる女
佐野洋子　嘘ばっか〈新釈・世界おとぎ話〉
佐野洋子　コッコロから
佐川芳枝　寿司屋のかみさん サヨナラ大将
笹生陽子　ぼくらのサイテーの夏
笹生陽子　きのう、火星に行った。
笹生陽子　世界がぼくを笑っても
沢木耕太郎　一号線を北上せよ〈ヴェトナム街道編〉

講談社文庫　目録

沢村　凜　タソガレ
佐藤多佳子　一瞬の風になれ　全三巻
笹本稜平　駐在刑事
笹本稜平　駐在刑事　尾根を渡る風
佐藤あつ子　昭《あき》　田中角栄と生きた女
西條奈加　世直し小町りんりん
西條奈加　まるまるの毬《いが》
佐伯チズ　改訂完全版　佐伯チズ式「完全美肌バイブル」〈123の肌悩みにズバリ回答!〉
斉藤　洋　ルドルフとイッパイアッテナ
斉藤　洋　ルドルフともだちひとりだち
佐々木裕一　若返り同心　如月源十郎〈不思議な飴玉〉
佐々木裕一　若返り同心　如月源十郎〈闇の顔〉
佐々木裕一　公家武者　信平《のぶひら》〈消えた狐丸〉
佐々木裕一　逃げた名馬〈公家武者　信平(二)〉
佐々木裕一　比叡山の鬼〈公家武者　信平(三)〉
佐々木裕一　公《く》卿《ぎょう》の罠《わな》〈公家武者　信平(四)〉
佐々木裕一　狙われた旗本〈公家武者　信平(五)〉
佐々木裕一　赤い刀身〈公家武者　信平(六)〉
佐々木裕一　帝《みかど》の刀《とう》匠《しょう》〈公家武者　信平(七)〉
佐々木裕一　若君の覚悟〈公家武者　信平(八)〉
佐々木裕一　くもの頭領〈公家武者　信平(九)〉
佐々木裕一　狐のちょうちん〈公家武者信平ことはじめ(一)〉
佐々木裕一　姫のため息〈公家武者信平ことはじめ(二)〉
佐々木裕一　四谷の弁慶〈公家武者信平ことはじめ(三)〉
佐藤　究《きわむ》　QJKJQ
佐藤　究　Ank〈a mirroring ape〉
佐藤　究　サージウスの死神
佐野　晶／三田紀房・原作　小説アルキメデスの大戦
澤村伊智　恐怖小説キリカ
さいとう・たかを／戸川猪佐武　原作　歴史劇画　大宰相〈第一巻　吉田茂の闘争〉
さいとう・たかを／戸川猪佐武　原作　歴史劇画　大宰相〈第二巻　鳩山一郎の悲運〉
さいとう・たかを／戸川猪佐武　原作　歴史劇画　大宰相〈第三巻　岸信介の強腕〉
さいとう・たかを／戸川猪佐武　原作　歴史劇画　大宰相〈第四巻　池田勇人と佐藤栄作の激突〉
さいとう・たかを／戸川猪佐武　原作　歴史劇画　大宰相〈第五巻　田中角栄の革命〉
さいとう・たかを／戸川猪佐武　原作　歴史劇画　大宰相〈第六巻　三木武夫の挑戦〉
さいとう・たかを／戸川猪佐武　原作　歴史劇画　大宰相〈第七巻　福田赳夫の復讐〉
さいとう・たかを／戸川猪佐武　原作　歴史劇画　大宰相〈第八巻　大平正芳の決断〉
さいとう・たかを／戸川猪佐武　原作　歴史劇画　大宰相〈第九巻　鈴木善幸の苦悩〉
さいとう・たかを／戸川猪佐武　原作　歴史劇画　大宰相〈第十巻　中曽根康弘の野望〉
佐藤　優　人生の役に立つ聖書の名言
佐藤　優　戦時下の外交官〈ナチス・ドイツの崩壊を目撃した吉野文六〉
斉藤詠一　到達不能極
佐々木　実　竹中平蔵　市場と権力〈「改革」に憑かれた経済学者の肖像〉
斎藤千輪　神楽坂つきみ茶屋〈禁断の"盃"と絶品江戸レシピ〉
司馬遼太郎　新装版　播磨灘物語　全四冊
司馬遼太郎　新装版　箱根の坂(上)(中)(下)
司馬遼太郎　新装版　アームストロング砲
司馬遼太郎　新装版　歳月(上)(下)
司馬遼太郎　新装版　おれは権現
司馬遼太郎　新装版　大坂侍
司馬遼太郎　新装版　北斗の人(上)(下)
司馬遼太郎　新装版　軍師二人
司馬遼太郎　新装版　真説宮本武蔵
司馬遼太郎　新装版　最後の伊賀者
司馬遼太郎　新装版　俄(上)(下)
司馬遼太郎　新装版　尻啖え孫市(上)(下)
司馬遼太郎　新装版　王城の護衛者

司馬遼太郎　新装版 妖　怪(上)(下)
司馬遼太郎　新装版 風の武士(上)(下)
司馬遼太郎　戦　雲　の　夢〈レジェンド歴史時代小説〉
司馬遼太郎 海音寺潮五郎　新装版 日本歴史を点検する
司馬遼太郎 井上ひさし　新装版 国家・宗教・日本人
司馬遼太郎 陳舜臣 金達寿　新装版 歴史の交差路にて〈日本・中国・朝鮮〉
柴田錬三郎　お江戸日本橋(上)(下)
柴田錬三郎　貧乏同心御用帳
柴田錬三郎　新装版 岡っ引どぶ〈柴錬捕物帖〉
柴田錬三郎　新装版 顔十郎罷り通る(上)(下)
白石一郎　庖丁ざむらい〈レジェンド歴史時代小説〉〈十時半睡事件帖〉
島田荘司　御手洗潔の挨拶
島田荘司　御手洗潔のダンス
島田荘司　水晶のピラミッド
島田荘司　眩　(めまい)　暈
島田荘司　ア　ト　ポ　ス
島田荘司　異　邦　の　騎　士〈改訂完全版〉
島田荘司　御手洗潔のメロディ
島田荘司　P　の　密　室

島田荘司　ネジ式ザゼツキー
島田荘司　都市のトパーズ2007
島田荘司　21世紀本格宣言
島田荘司　帝都衛星軌道
島田荘司　UFO大通り
島田荘司　リベルタスの寓話
島田荘司　透明人間の納屋
島田荘司　占星術殺人事件〈改訂完全版〉
島田荘司　斜め屋敷の犯罪〈改訂完全版〉
島田荘司　星《せい》籠《ろ》の海(上)(下)
島田荘司　名探偵傑作短篇集　御手洗潔篇
島田荘司　屋　　上
島田荘司　火　刑　都　市〈改訂完全版〉
島田荘司　暗闇坂の人喰いの木〈改訂完全版〉
清水義範　蕎麦《そば》ときしめん
清水義範　国語入試問題必勝法〈新装版〉
椎名　誠　にっぽん・海風魚旅〈怪し火さすらい編〉
椎名　誠　大漁旗ぶるぶる乱風編〈にっぽん・海風魚旅4〉
椎名　誠　南シナ海ドラゴン編〈にっぽん・海風魚旅5〉

椎名　誠　風のまつり
椎名　誠　ナ　マ　コ
椎名　誠　埠頭三角暗闇市場
真保裕一　連　　鎖
真保裕一　取　　引
真保裕一　震　　源
真保裕一　盗　　聴
真保裕一　朽ちた樹々の枝の下で
真保裕一　奪　　取(上)(下)
真保裕一　防　　壁
真保裕一　密　　告
真保裕一　黄金の島(上)(下)
真保裕一　発　火　点
真保裕一　夢　の　工　房
真保裕一　灰色の北壁
真保裕一　覇王の番人(上)(下)
真保裕一　デパートへ行こう！
真保裕一　アマルフィ〈外交官シリーズ〉
真保裕一　天使の報酬〈外交官シリーズ〉

講談社文庫　目録

真保裕一　アンダルシア〈外交官シリーズ〉
真保裕一　ダイスをころがせ！(上)(下)
真保裕一　天魔ゆく空(上)(下)
真保裕一　ローカル線で行こう！
真保裕一　遊園地に行こう！
真保裕一　オリンピックへ行こう！
篠田節子　弥勒
篠田節子　転生
篠田節子　竜と流木
重松清　定年ゴジラ
重松清　半パン・デイズ
重松清　流星ワゴン
重松清　ニッポンの単身赴任
重松清　愛妻日記
重松清　青春夜明け前
重松清　カシオペアの丘で(上)(下)
重松清　永遠《とわ》を旅する者〈ロストオデッセイ　千年の夢〉
重松清　かあちゃん
重松清　十字架
重松清　峠うどん物語(上)(下)
重松清　希望ヶ丘の人びと(上)(下)
重松清　赤ヘル1975
重松清　なぎさの媚薬(上)(下)
重松清　さすらい猫ノアの伝説
重松清　ルビィ
新野剛志　八月のマルクス
新野剛志　美しい家
新野剛志　明日の色
殊能将之　ハサミ男
殊能将之　鏡の中は日曜日
首藤瓜於　脳男
首藤瓜於　事故係生稲昇太の多感
島本理生　シルエット
島本理生　リトル・バイ・リトル
島本理生　生まれる森
島本理生　七緒のために
小路幸也　高く遠く空へ歌ううた
小路幸也　空へ向かう花
小路幸也　スターダストパレード
小説 小路幸也 原案 山田洋次 平松恵美子　家族はつらいよ
小説 小路幸也 原作・脚本 山田洋次 脚本 平松恵美子　家族はつらいよ2
小説 小路幸也 原作・脚本 山田洋次 脚本 平松恵美子　妻よ薔薇のように〈家族はつらいよⅢ〉
島田律子　私はもう逃げない〈自閉症の弟から教えられたこと〉
辛酸なめ子　女修行
柴崎友香　ドリーマーズ
柴崎友香　パノララ
翔田寛　誘拐児
白石一文　この胸に深々と突き刺さる矢を抜け(上)(下)
小説現代編 石田衣良他著　10分間の官能小説集
小説現代編 勝目梓他著　10分間の官能小説集2
小説現代編 乾くるみ他著　10分間の官能小説集3
柴村仁　夜宵
柴村仁　プシュケの涙
柴田哲孝　クズリ〈ある殺し屋の伝説〉
塩田武士　盤上のアルファ
塩田武士　盤上に散る
塩田武士　女神のタクト

塩田武士　ともにがんばりましょう
塩田武士　罪の声
塩田武士　氷の仮面
芝村涼也　孤《こ》闘《とう》の寂《せき》〈素浪人半四郎百鬼夜行(六)〉
芝村涼也　邂逅の紅蓮〈素浪人半四郎百鬼夜行(七)〉
芝村涼也　終焉の百鬼行〈素浪人半四郎百鬼夜行(八)〉
芝村涼也　追憶の翰《かん》〈素浪人半四郎百鬼夜行(拾遺)〉
真藤順丈　畦と銃
柴崎竜人　三軒茶屋星座館1〈冬のオリオン〉
柴崎竜人　三軒茶屋星座館2〈夏のキグナス〉
柴崎竜人　三軒茶屋星座館3〈春のカリスト〉
柴崎竜人　三軒茶屋星座館4〈秋のアンドロメダ〉
周木律　眼球堂の殺人〈~The Book~〉
周木律　双孔堂の殺人〈~Double Torus~〉
周木律　五覚堂の殺人〈~Burning Ship~〉
周木律　伽藍堂の殺人〈~Banach-Tarski Paradox~〉
周木律　教会堂の殺人〈~Game Theory~〉
周木律　鏡面堂の殺人〈~Theory of Relativity~〉
周木律　大聖堂の殺人〈~The Books~〉
下村敦史　闇に香る嘘
下村敦史　生還者
下村敦史　叛《はん》徒《と》
下村敦史　失踪者
下村敦史　緑の窓口〈樹木トラブル解決します〉
九把刀　阿井幸作／泉京鹿 訳　あの頃、君を追いかけた
杉本苑子　孤愁の岸(上)(下)
鈴木光司　神々のプロムナード
鈴木英治　大江戸監察医
杉本章子　お狂言師歌吉うきよ暦
杉本章子　大奥二人道成寺〈お狂言師歌吉うきよ暦〉
諏訪哲史　アサッテの人
菅野雪虫　天山の巫女《みこ》ソニン(1)　黄金の燕
菅野雪虫　天山の巫女《みこ》ソニン(2)　海の孔雀
菅野雪虫　天山の巫女《みこ》ソニン(3)　朱鳥《あけがらす》の星
菅野雪虫　天山の巫女《みこ》ソニン(4)　夢の白鷺
菅野雪虫　天山の巫女《みこ》ソニン(5)　大地の翼
鈴木大介　ギャングース・ファイル〈家のない少年たち〉
鈴木みき　日帰り登山のススメ〈あした、山へ行こう!〉
瀬戸内寂聴　新寂庵説法　愛なくば
瀬戸内寂聴　人が好き［私の履歴書］
瀬戸内寂聴　白道
瀬戸内寂聴　寂聴相談室 人生道しるべ
瀬戸内寂聴　瀬戸内寂聴の源氏物語
瀬戸内寂聴　愛する能力
瀬戸内寂聴　藤壺
瀬戸内寂聴　生きることは愛すること
瀬戸内寂聴　寂聴と読む源氏物語
瀬戸内寂聴　月の輪草子
瀬戸内寂聴　新装版 寂庵説法
瀬戸内寂聴　死に支度
瀬戸内寂聴　新装版 蜜と毒
瀬戸内寂聴　新装版 花《か》怨《えん》
瀬戸内寂聴　新装版 祇園女御《ぎおんにょうご》(上)(下)
瀬戸内寂聴　新装版 かの子撩乱
瀬戸内寂聴　新装版 京まんだら(上)(下)
瀬戸内寂聴　いのち
瀬戸内寂聴・訳　源氏物語　巻《まき》一《いち》

講談社文庫　目録

瀬戸内寂聴・訳　源氏物語　巻二《まきに》
瀬戸内寂聴・訳　源氏物語　巻三《まきさん》
瀬戸内寂聴・訳　源氏物語　巻四《まきし》
瀬戸内寂聴・訳　源氏物語　巻五《まきご》
瀬戸内寂聴・訳　源氏物語　巻六《まきろく》
瀬戸内寂聴・訳　源氏物語　巻七《まきしち》
瀬戸内寂聴・訳　源氏物語　巻八《まきはち》
瀬戸内寂聴・訳　源氏物語　巻九《まきく》
瀬戸内寂聴・訳　源氏物語　巻十《まきじゅう》
先崎　学　先崎学の実況！　盤外戦
妹尾河童　少年H　(上)(下)
瀬尾まいこ　幸福な食卓
関原健夫　がん六回　人生全快
瀬川晶司　泣き虫しょったんの奇跡　完全版〈サラリーマンから将棋のプロへ〉
仙川　環《たまき》　幸福の劇薬〈医者探偵・宇賀神晃〉
仙川　環　偽装診療〈医者探偵・宇賀神晃〉
瀬木比呂志　黒い巨塔〈最高裁判所〉
瀬那和章　今日も君は、約束の旅に出る
曽野綾子　新装版　無名碑　(上)(下)

三浦朱門　曽野綾子　夫婦のルール
蘇部健一　六枚のとんかつ
蘇部健一　六とん2
蘇部健一　届かぬ想い
曽根圭介　沈底魚
曽根圭介　藁《わら》にもすがる獣たち
曽根圭介　TATSUMAKI〈特命捜査対策室7係〉
田辺聖子　川柳でんでん太鼓
田辺聖子　ひねくれ一茶
田辺聖子　愛の幻滅　(上)(下)
田辺聖子　うたかた
田辺聖子　春情蛸の足
田辺聖子　蝶花嬉遊図
田辺聖子　言い寄る
田辺聖子　私的生活
田辺聖子　苺をつぶしながら
田辺聖子　不機嫌な恋人
田辺聖子　女の日時計
谷川俊太郎訳　和田誠絵　マザー・グース　全四冊

立花　隆　中核VS革マル　(上)(下)
立花　隆　日本共産党の研究　全三冊
立花　隆　青春漂流
滝口康彦　粟田口の狂女〈レジェンド歴史時代小説〉
高杉　良　労働貴族
高杉　良　広報室沈黙す　(上)(下)
高杉　良　炎の経営者　(上)(下)
高杉　良　小説　日本興業銀行　全五冊
高杉　良　社長の器
高杉　良　その人事に異議あり〈女性広報主任のジレンマ〉
高杉　良　人事権！
高杉　良　小説消費者金融〈クレジット社会の罠〉
高杉　良　小説　新巨大証券　(上)(下)
高杉　良　局長罷免―小説通産省
高杉　良　首魁《しゅかい》の宴《うたげ》〈政官財腐敗の構図〉
高杉　良　指名解雇
高杉　良　燃ゆるとき
高杉　良　挑戦つきることなし〈小説ヤマト運輸〉
高杉　良　銀行大合併〈短編小説全集(上)〉

高杉　良　エリートの反乱〈短編小説全集(中)〉
高杉　良　金融腐蝕列島(上)(下)
高杉　良　銀行大統合〈小説みずほFG〉
高杉　良　勇気凜々
高杉　良　混沌《こんとん》　新・金融腐蝕列島(上)(下)
高杉　良　乱気流(上)(下)
高杉　良　小説　会社再建
高杉　良　小説　ザ・ゼネコン
高杉　良　新装版　懲戒解雇
高杉　良　新装版　大逆転！〈小説　三菱・第一銀行合併事件〉
高杉　良　新装版　バンダルの塔
高杉　良　第四権力〈巨大メディアの罪〉
高杉　良　巨大外資銀行
高杉　良　最強の経営者〈アサヒビールを再生させた男〉
高杉　良　リベンジ〈巨大外資銀行〉
高杉　良　新装版　会社蘇生
竹本健治　新装版　匣《はこ》の中の失楽
竹本健治　囲碁殺人事件
竹本健治　将棋殺人事件
竹本健治　トランプ殺人事件
竹本健治　狂い壁　狂い窓
竹本健治　涙《るい》香《こう》迷《めい》宮《きゅう》
竹本健治　新装版　ウロボロスの偽書(上)(下)
竹本健治　ウロボロスの基礎論(上)(下)
竹本健治　ウロボロスの純正音律(上)(下)
高橋源一郎　日本文学盛衰史
高橋克彦　写楽殺人事件
高橋克彦　総門谷
高橋克彦　炎立《ほむら》つ　壱　北の埋み火
高橋克彦　炎立つ　弐　燃える北天
高橋克彦　炎立つ　参　空への炎
高橋克彦　炎立つ　四　冥き稲妻
高橋克彦　炎立つ　伍　光彩楽土〈全五巻〉
高橋克彦　火怨〈北の燿星アテルイ〉(上)(下)
高橋克彦　水壁〈アテルイを継ぐ男〉
高橋克彦　天を衝く(1)〜(3)
高橋克彦　風の陣　一　立志篇
高橋克彦　風の陣　二　大望篇
高橋克彦　風の陣　三　天命篇
高橋克彦　風の陣　四　風雲篇
高橋克彦　風の陣　五　裂心篇
高樹のぶ子　オライオン飛行
田中芳樹　創竜伝1〈超能力四兄弟《ドラゴン》〉
田中芳樹　創竜伝2〈摩天楼の四兄弟《ドラゴン》〉
田中芳樹　創竜伝3〈逆襲の四兄弟《ドラゴン》〉
田中芳樹　創竜伝4〈四兄弟《ドラゴン》脱出行〉
田中芳樹　創竜伝5〈蜃気楼都市《ミラージュ・シティ》〉
田中芳樹　創竜伝6〈染血《ブラッディ・ドリーム》の夢〉
田中芳樹　創竜伝7〈黄土のドラゴン〉
田中芳樹　創竜伝8〈仙境のドラゴン〉
田中芳樹　創竜伝9〈妖世紀のドラゴン〉
田中芳樹　創竜伝10〈大英帝国最後の日〉
田中芳樹　創竜伝11〈銀月王伝奇〉
田中芳樹　創竜伝12〈竜王風雲録〉
田中芳樹　創竜伝13〈噴火列島〉
田中芳樹　魔天楼〈薬師寺涼子の怪奇事件簿〉
田中芳樹　東京ナイトメア〈薬師寺涼子の怪奇事件簿〉

田中芳樹　巴里《パリ》・妖都変〈薬師寺涼子の怪奇事件簿〉
田中芳樹　クレオパトラの葬送〈薬師寺涼子の怪奇事件簿〉
田中芳樹　黒蜘蛛島《ブラックスパイダー・アイランド》〈薬師寺涼子の怪奇事件簿〉
田中芳樹　夜　光　曲〈薬師寺涼子の怪奇事件簿〉
田中芳樹　魔境の女王陛下〈薬師寺涼子の怪奇事件簿〉
田中芳樹　タイタニア1〈疾風篇〉
田中芳樹　タイタニア2〈暴風篇〉
田中芳樹　タイタニア3〈旋風篇〉
田中芳樹　タイタニア4〈烈風篇〉
田中芳樹　タイタニア5〈凄風篇〉
田中芳樹　ラインの虜囚
田中芳樹　新・水滸後伝(上)(下)
田中芳樹　幸田露伴 原作　運　命〈二人の皇帝〉
田中芳樹　土屋守　「イギリス病」のすすめ
田中芳樹ほか 文　皇名月 画・文　中国帝王図
田中芳樹　赤城毅　中欧怪奇紀行
田中芳樹 編訳　岳　飛　伝(一)〈青雲篇〉
田中芳樹 編訳　岳　飛　伝(二)〈烽火篇〉
田中芳樹 編訳　岳　飛　伝(三)〈風塵篇〉
田中芳樹 編訳　岳　飛　伝(四)〈悲曲篇〉
田中芳樹 編訳　岳　飛　伝(五)〈凱歌篇〉
高田文夫　TOKYO芸能帖〈1981年のビートたけし〉
高村　薫　李　歐《りおう》
高村　薫　マークスの山(上)(下)
高村　薫　照　柿(上)(下)
多和田葉子　犬　婿　入　り
多和田葉子　尼僧とキューピッドの弓
多和田葉子　献　灯　使
高田崇史　QED〈百人一首の呪〉
高田崇史　QED〈六歌仙の暗号〉
高田崇史　QED〈ベイカー街の問題〉
高田崇史　QED〈東照宮の怨〉
高田崇史　QED〈式の密室〉
高田崇史　QED〈竹取伝説〉
高田崇史　QED〈龍馬暗殺〉
高田崇史　QED～ventus～〈鎌倉の闇〉
高田崇史　QED〈鬼の城伝説〉
高田崇史　QED～ventus～〈熊野の残照〉
高田崇史　QED〈神器封殺〉
高田崇史　QED～ventus～〈御霊将門〉
高田崇史　QED～flumen～〈九段坂の春〉
高田崇史　QED〈諏訪の神霊〉
高田崇史　QED〈出雲神伝説〉
高田崇史　QED〈伊勢の曙光《あけぼの》〉
高田崇史　QED～flumen～〈ホームズの真実〉
高田崇史　毒　草　師〈QED Another Story〉
高田崇史　QED～flumen～〈月夜見〉
高田崇史　QED～ortus～〈白山の頻闇〉
高田崇史　試験に出るパズル〈千葉千波の事件日記〉
高田崇史　試験に敗けない密室〈千葉千波の事件日記〉
高田崇史　試験に出ないパズル〈千葉千波の事件日記〉
高田崇史　パズル自由自在〈千葉千波の事件日記〉
高田崇史　化けて出る〈千葉千波の怪奇日記〉
高田崇史　麿の酩酊事件簿〈花に舞〉
高田崇史　麿の酩酊事件簿〈月に酔〉
高田崇史　クリスマス緊急指令〈～きよしこの夜、事件は起こる！～〉
高田崇史　カンナ　飛鳥の光臨

高田崇史　カンナ　天草の神兵
高田崇史　カンナ　吉野の暗闘
高田崇史　カンナ　奥州の覇者
高田崇史　カンナ　戸隠の殺皆
高田崇史　カンナ　鎌倉の血陣
高田崇史　カンナ　天満の葬列
高田崇史　カンナ　出雲の顕在
高田崇史　カンナ　京都の霊前
高田崇史　軍神の血脈〈楠木正成秘伝〉
高田崇史　神の時空《とき》　鎌倉の地龍
高田崇史　神の時空　倭《やまと》の水霊
高田崇史　神の時空　貴船の沢鬼
高田崇史　神の時空　三輪《みわ》の山祇《やまつみ》
高田崇史　神の時空　嚴島《いつくしま》の烈風
高田崇史　神の時空　伏見稲荷の轟雷
高田崇史　神の時空　五色不動の猛火
高田崇史　神の時空　京の天命
高田崇史　神の時空　前紀〈女神の功罪〉
高田崇史　鬼棲む国、出雲〈古事記異聞〉

団鬼六　悦楽王〈鬼プロ繁盛記〉
高野和明　13階段
高野和明　グレイヴディッガー
高野和明　K・Nの悲劇
高野和明　6時間後に君は死ぬ
大道珠貴　ショッキングピンク
高木徹　ドキュメント　戦争広告代理店〈情報操作とボスニア紛争〉
田中啓文　件《くだん》〈もの言う牛〉
高嶋哲夫　メルトダウン
高嶋哲夫　命の遺伝子
高嶋哲夫　首都感染
高野秀行　西南シルクロードは密林に消える
高野秀行　怪獣記
高野秀行　アジア未知動物紀行　ベトナム・奄美・アフガニスタン
高野秀行　イスラム飲酒紀行
高野秀行　移民の宴〈日本に移り住んだ外国人の不思議な食生活〉
高野秀行　角幡唯介　地図のない場所で眠りたい
田牧大和　花合せ〈濱次お役者双六〉
田牧大和　質草破り〈濱次お役者双六　二ます目〉

田牧大和　翔ぶ梅〈濱次お役者双六　三ます目〉
田牧大和　半可心中〈濱次お役者双六〉
田牧大和　長屋狂言〈濱次お役者双六〉
田牧大和　錠前破り、銀太
田牧大和　錠前破り、銀太　紅蜆《べにしじみ》
田牧大和　錠前破り、銀太　首魁《しゅかい》
田牧大和　大福三つ巴〈宝来堂うまいもん番付〉
高殿円　メサイア〈警備局特別公安五係〉
高野史緒　カラマーゾフの妹
高野史緒　翼竜館の宝石商人
瀧本哲史　僕は君たちに武器を配りたい〈エッセンシャル版〉
竹吉優輔　襲名犯
高田大介　図書館の魔女　第一巻　第二巻
高田大介　図書館の魔女　第三巻　第四巻
高田大介　図書館の魔女　烏《からす》の伝言《つてこと》(上)(下)
大門剛明　反撃のスイッチ
大門剛明　完全無罪
大門剛明　死刑評決〈「完全無罪」シリーズ〉
橘もも　OVER DRIVE《オーバードライブ》

講談社文庫　目録

橘 もも 著／沖田×華 原作／安達奈緒子 脚本　小説 透明なゆりかご (上)(下)
橘 もも 著／ヤマシタトモコ 原作／相沢友子 脚本　さんかく窓の外側は夜〈映画版ノベライズ〉
滝口悠生　愛 と 人 生
高山文彦　ふ た り〈皇后美智子と石牟礼道子〉
瀧羽麻子　サンティアゴの東 渋谷の西
高橋弘希　日曜日の人々《サンデー・ピープル》
陳 舜 臣　中国五千年 (上)(下)
陳 舜 臣　中国の歴史 全七冊
陳 舜 臣　小説十八史略 全六冊
千早 茜　森 の 家
千野隆司　大 店 の 暖簾《のれん》〈下り酒一番〉
千野隆司　分 家 の 始 末〈下り酒一番(二)〉
千野隆司　献 上 の 祝 酒〈下り酒一番(三)〉
千野隆司　大《おお》酒《ざけ》の 合 戦〈下り酒一番(四)〉
千野隆司　追 跡
知《ち》野《の》みさき　江 戸 は 浅 草
知野みさき　江 戸 は 浅 草 2〈盗人探し〉
知野みさき　江 戸 は 浅 草 3〈桃と桜〉
崔《チェ》 実《シル》　ジニのパズル
筒井康隆　創作の極意と掟
筒井康隆　読書の極意と掟
筒井康隆 ほか12名　名探偵登場！
都筑道夫　夢幻地獄四十八景
土屋隆夫　影 の 告 発
辻村深月　冷たい校舎の時は止まる (上)(下)
辻村深月　子どもたちは夜と遊ぶ (上)(下)
辻村深月　凍りのくじら
辻村深月　ぼくのメジャースプーン
辻村深月　スロウハイツの神様 (上)(下)
辻村深月　名前探しの放課後 (上)(下)
辻村深月　ロードムービー
辻村深月　ゼロ、ハチ、ゼロ、ナナ。
辻村深月　V. T. R.
辻村深月　光待つ場所へ
辻村深月　ネオカル日和
辻村深月　島はぼくらと
辻村深月　家族シアター
辻村深月　図書室で暮らしたい
新川直司 漫画／辻村深月 原作　コミック 冷たい校舎の時は止まる (上)(下)
津村記久子　ポトスライムの舟
津村記久子　カソウスキの行方
津村記久子　やりたいことは二度寝だけ
津村記久子　二度寝とは、遠くにありて想うもの
恒川光太郎　竜が最後に帰る場所
月村了衛　神《み》子《こ》上《がみ》典《てん》膳《ぜん》
フランソワ・デュボワ　太極拳が教えてくれた人生の宝物〈中国・武当山90日間修行の記〉
土居良一　海 翁 伝
ドウス昌代　イサム・ノグチ (上)(下)〈宿命の越境者〉
鳥 羽 亮　御 隠 居 剣 法〈駆込み宿 影始末(一)〉
鳥 羽 亮　ね む り 鬼《き》剣《けん》〈駆込み宿 影始末〉
鳥 羽 亮　霞 隠 れ の 女〈駆込み宿 影始末〉
鳥 羽 亮　の っ と り 奥 坊 主〈駆込み宿 影始末〉
鳥 羽 亮　か げ ろ う 妖 剣〈駆込み宿 影始末〉
鳥 羽 亮　霞《かすみ》と 飛《ひ》燕《えん》〈駆込み宿 影始末〉
鳥 羽 亮　闇 姫 変 化〈駆込み宿 影始末〉
鳥 羽 亮　鶴亀横丁の風来坊
鳥 羽 亮　金 貸 し 権 兵 衛〈鶴亀横丁の風来坊〉

2021 年 3 月 12 日現在